太宰治
宮本百合子
林芙美子
島崎藤村
夢野久作等
——著

蘇暐婷
——譯

和日本文豪一起愛狗

人狗之間的溫暖時光

目次

輯二　狗的奇妙物語

寫在前面
人狗之間的奇緣和插曲

◎王文萱（作家、日本京都大學博士）

狗，是人類忠心的朋友，正因為狗與人類的生活如此貼近，狗也是時常被拿來寫入故事的角色。本書收錄了十三篇日本近代文豪們以狗做為主角所撰的文章，並分為兩部分：「有狗相伴的日子」及「狗的奇妙物語」。

第一部分「有狗相伴的日子」，首先是太宰治的〈畜犬談——致伊馬鵜平兄——〉。這是充滿幽默的短篇小說。小說描寫第一人稱的「我」，非常厭惡狗，某天不得已撿了一隻狗回家養，雖然養得不情願，卻也捨不得拋棄牠，文中描述了「我」的內心掙扎過程。標題中「伊馬鵜平」指的是作家伊馬春部（一九〇八—一九八四），文中提到被狗咬並連續看診二十一天的友人，便是伊馬鵜平了。而太宰治的確與小說中第一人稱人物相同，曾與妻子短期居住甲府（位於山梨縣），至於小說內容是否屬實，至今仍不得而知。

宮本百合子〈我與狗的淵源〉描寫了她幼時家中養狗的回憶。當時正值日俄戰爭（一九〇四）前夕，與其說是養狗，不如說是全家人與這隻狗在悲涼的日子當中一同度日。而這也讓她對狗有了特殊情分，某次偶然跟著來到家中的小狗，讓她真正開啟了有狗相伴的溫馨日子。

林芙美子〈美麗的狗兒〉，標題雖為「美麗」，但實際上是篇讓人讀來感傷的短篇故事。作者以第三人稱角度描寫「佩托」這隻備受寵愛的小狗，在主人離開日本後，仍然守著主人家別墅，直至餓死家中，才被人發現。文中出現的地名「柏原」、「大久保」都是實際存在的地名，位於長野縣野尻湖附近，是國際化的避暑勝地，當地的確有許多外國人別墅。

島崎藤村的〈狗〉，整篇文章呈現出負面隱晦的氣息。島崎藤村是日本自然主義文學的代表作家，客觀、真實地描繪出事實表象與背景。文中的第一人稱「我」，長相俊美，年輕時候追求與女性的歡愉，到了三十多歲，反覺得悔恨、悲慟。他回憶幼時，家中眾多女傭教導了他男女情事，而家中的狗對幼小的主角來說，有時像玩伴、有時像怪物。女傭及狗，充滿在主角不堪回首的回憶當中。

夢野久作的〈狗與娃娃〉，發表於一九二三年十月三十日的《九州日報》，文章開頭提到的地震，便是指發生於一九二三年九月一日的關東大地震了。這是篇溫馨的、適合兒童閱讀的小故事，遭遇地震到近郊避難的一家四口，離開時沒有將小狗和玩偶帶走，兩個孩子不約而同夢到小狗及玩偶，央求父母返家尋找，果然找回了玩偶及小狗。夢野久作以幻想文學著名，因此即便是以兒童為對象的作品，也可感受到他獨有的奇幻風格。

芥川龍之介的〈小白〉，是一篇帶些趣味的兒童文學。講述為了救助朋友而全身變髒的小白狗，卻因為主人認不出來，成了流浪犬。小白太過悲傷而時常將自己置身險境，沒想到卻成了每個月的報紙頭條，報導這隻「小黑狗」在火災等事件現場救了許多人。其實芥川龍之介早期非常懼怕且厭惡狗，到了去世前幾年卻變得完全不怕，〈小白〉（一九二三）便是這個時期的作品。

與孩童相伴的狗、回憶中的狗、惹人厭惡的狗、討人憐愛的狗……。隨著時過境遷，人事已非，其實狗兒終究一往地對人類忠心、與人類相伴，真正改變的，只有人心罷了。

※

第二部分「狗的奇妙物語」，收錄數篇以狗為主角的奇幻散文。首先是佐藤春夫〈西班牙犬之家〉，這篇如詩般的奇幻短篇其實有個副標題——「為喜歡做夢的人所寫的短篇」。描述了主角帶著愛犬散步，無意中拜訪了一間奇特的住宅，房內有許多特殊擺設，但卻無人，只有一隻西班牙犬。這篇文章寫於一九一六年，發表於一九一七年出版的文學雜誌《星座》之上。當時正值作者到鄉下隱居養病，在〈西班牙犬之家〉的隔年，他發表了著名的小說〈田園的憂鬱〉（一九一八），當中描述的便是一名青年與妻子、攜著狗，離開都會的喧囂，來到田野隱居，還描繪了青年內心的憂鬱及苦悶。佐藤春夫在隱居時期發表的這兩部作品，以自身的田野生活為基礎，描繪出現實的自然、以及他幻想中的非現實風景。

正岡子規的〈犬〉，是一則怪談風隨筆。食人肉的狗，反省自己過去的罪孽，並祈求能夠轉世。但狗死後卻未能消去罪孽，因此即便轉生為人，也會病痛纏身、一生困頓。「我想這條狗，就是我的上輩子吧，因為我的腳完全站不起來，只能如狗一般爬行度日。」——子規在最後寫下了這句話。這則短篇隨筆出自一九〇〇年的俳句雜誌《杜鵑（ホトトギス）》，其實描繪出子規久病的心境。當時他早已臥病在床，其後於一九〇二年離世。

〈龍宮犬〉的作者宮原晃一郎，是兒童文學作家，也翻譯許多外國文學。本篇童話是作者組合了數篇民間故事及傳說而成的奇特作品。故事開頭，主角老爺爺救了一隻鶴，因此鶴織了「天羽衣」來報恩，這部分的故事融合了日本有名的民間故事〈鶴的報恩〉以及〈浦島太郎〉。「天羽衣」其實也是日本民間傳說當中時常出現的題材，大多是描述天女身著羽衣來到人間，其後與人類男子相戀。但在〈龍宮犬〉的故事當中並未出現這部分描述，只利用了「天羽衣」這個名稱。其後龍宮城派了使者來接老爺爺到龍宮參觀，這部分構想取自〈浦島太郎〉。老爺爺餵狗、並讓狗兒排泄出黃金，則類似伊索寓言裡面〈下金蛋的雞〉。作者可說是巧妙地將各個故事堆砌在一起，創作出了一篇新鮮又幽默的童話。

芥川龍之介〈神犬與魔笛〉是一篇給兒童的短篇冒險故事，一九一八年發表於童話童謠雜誌《紅鳥（赤い鳥）》上。描述一位擅於吹笛、長相清秀的年輕樵夫，受到神明眷顧，送給他三隻神犬，他帶著三隻擁有特殊能力的神犬，救出了被囚禁的公主。芥川龍之介擅長描寫人類心理，但他其實創作了不少給兒童的作品，並在這些作品中描繪出人類單純的一面。

〈狗狗的惡作劇〉是夢野久作的作品，第一部分曾收錄他的作品〈狗與娃娃〉。〈狗狗的惡作劇〉同樣是寫給兒童的作品，不僅保持了夢野久作一貫的奇幻風格，還帶些幽默元素。除夕夜，狗年即將結束、豬年到來，狗與豬相遇之後，討論十二年後再回來接管生肖位置時，要觀察長大後的孩子們是否已經懂事，並且給予懲罰或獎賞。夢野久作其實是作者的筆名，作者的父親讀了他的作品後，表示：「好像『夢之久作』寫的小說啊」。「夢之久作」是福岡地方的方言，意為「做夢之人」，夢野久作的筆名因此而來。從〈狗狗的惡作劇〉這則短篇故事當中，便可感受到作者如同夢境一般的奇幻思緒。

〈森林裡的小狗〉的作者小川未明，是兒童文學作家。他不僅被稱為「日本兒童文學之父」、「日本近代童話之父」，現今在日本，人們也為了紀念小川未明，設立了「小川未明文學獎」。小川未明的作品總是帶些浪漫情懷，尊重人性並且寫實。他書寫了數篇以狗為主角的故事，〈森林裡的小狗〉真實地描述了母狗對小狗的愛，以及人與狗的關係。篇幅雖短，卻發人省思。

豐島與志雄的〈狗狗八公〉，是篇開放式結局的童話故事。作者豐島與志雄是小說家、翻譯家、也是兒童文學家。故事描述遊手好閒的八太郎，撿到了兩隻狗，其後狗兒生了一整窩小狗，八太郎因這些狗，與整個村落人們的關係產生了各種變化。故事的最後，村民們無法接受與數量眾多的狗相處，與八太郎商量卻得不出結論，隔天八太郎與狗兒們，就這樣永遠消失了蹤影。

無論是與人類相伴的狗、人類與狗的奇妙物語、抑或是狗兒在人類世界的冒險——人類與狗如何共存，成了很大的課題。文豪們在這些文章中，給了我們許多提示。而人類的轉念與否，正是狗兒能否安然於世的最大關鍵。

輯一　有狗為伴的日子

畜犬談——致伊馬鵜平兄——

太宰治｜だざい おさむ

人類的語言對於狗與人的情感交流究竟能起到多少作用，令我存疑。倘若語言不管用，那就只能揣測彼此的肢體語言與表情了。尾巴的動向尤其重要，但仔細深究起來，尾巴的動作還真複雜，不是三兩下就能解讀出個所以然的。

我對狗很有信心——有朝一日絕對被狗咬的信心。我敢打包票，狗一定會咬我。不料，直到今天我仍安然無恙，簡直是一種奇蹟。各位，狗是猛獸。狗能咬死馬匹，說不準還能與獅子搏鬥，擊敗萬獸之王。但我的真知灼見卻無人能懂。瞧瞧牠們銳利的獠牙吧！可不是長好玩的。別看牠們如今在路邊裝得溫順乖巧、微不足道，對人類卑躬屈膝，甚至圍著垃圾桶打轉，那原本可是足以擊斃馬兒的猛獸。說不定哪天便會發狂，露出本性。狗就應該用鎖鍊牢牢拴住，一點也輕忽不得。世上竟有許多飼主主動豢養這種恐怖的猛獸，僅僅因為每天餵牠一點殘羹剩飯便對牠放下戒心，毛孩長毛孩短地親暱呼喚，讓牠如家中一份子黏在身旁，甚至讓自己三歲大的寶貝兒子拉扯牠的耳朵，然後哈哈大笑，那畫面簡直令我毛骨悚然，看都不敢看。萬一狗獸性大發，汪地一聲張口就咬怎麼辦？怎能不小心戒備？放任這種連飼主都不保證絕不被咬（飼主不會被咬不過是愚蠢又自以為是的迷信罷了，狗既長了滿口恐怖的尖牙，就肯定會咬人，連科學都無法證明狗不咬人）的猛獸在路上徘徊，實在太可怕了。去年深秋，我的一個朋友就成了受害者，慘狀令我不忍卒睹。據朋友描述，當時他雙手揣在懷裡悠哉地散步，什麼也沒做。他看狗乖乖坐在地上，便若無其事地從旁邊通過，狗卻斜斜地瞄了他一眼。就在他以為平安過關時，突然，狗吠了一聲咬住他的右腿。那真是飛來橫禍，猝不及防。朋友嚇呆了，過了一會兒才委屈地哭了出來。可嘆啊！只有我知道狗有多邪惡。這下咬也被咬了，沒辦法了，朋友只好拖著疼痛的腿到醫院療傷。整整二十一天，他天天去醫院報到，花了三個禮拜治療。後來腿傷雖然好了，但為了預防體內留下狂犬病的駭人病毒，還得接種疫苗。我那朋友個性軟弱，找飼主談判簡直要他的命，只好忍氣吞聲，為自己的壞運連連嘆息。而且，疫苗費用還不便宜，恕我直言，那筆錢肯定是辛苦四處籌來的，因為他自己拿不出來。總之，那真是一場恐怖的災難，天崩地裂的大災難。要是一不小心忘了接種，說不定就會罹患狂犬病，日夜為發燒病痛折磨，最後連外表都變成狗，四肢著地爬行，汪汪亂吠、悽慘落魄。接種期間，我那朋友的憂慮、不安，該是什麼滋味啊！他是個歷經滄桑、見過大風大浪的人，所以不驚不慌，整整三七二十一天到醫院報到，乖乖打針，現在已經康復、回到工作崗位，但換做是我，肯定要了那條狗的小命。我是個報復心態比常人強上三、四倍的男人，一遇上狗，殘忍更超乎五、六倍，巴不得當場砸碎那畜生的頭顱，將牠的眼珠挖出來嚼爛，呸地一聲吐掉，若這樣還無法消氣，就將那一帶豢養的犬隻統統毒死。畢竟我朋友什麼也沒做，狗卻冷不防地說咬就咬，這是何等粗魯、野蠻的行徑！即便是畜生也不得輕饒，不能因為看畜生可憐，就縱容牠們。對付這種惡犬，就該毫不留情碎屍萬段。聽說去年秋天朋友遭罪，我對畜犬日積月累的厭惡更是達到了極點，那種恨就如同青色的烈焰熊熊燃燒。

今年正月，我在山梨縣甲府附近租了一間茅廬，裡頭有三個房間，分別是八張榻榻米、三張榻榻米、一張榻榻米大。我悄悄搬了過去，在那裡一頭熱地寫起拙劣的小說。沒想到，甲府周遭走到哪都是狗，數目多得嚇死人。牠們有的盤踞在馬路上，有的大剌剌地躺著睡覺，有的狂奔急馳，有的露出森森然的獠牙亂吠，任何一丁點空地都會被這群野狗據為巢穴，在那裡扭打成團、切磋格鬥，夜裡又成群結隊，在寂靜無人的路上如風、如強盜般四處亂竄。這兒的狗實在太多，彷彿每戶人家至少都養了兩條。山梨縣雖是著名的甲斐犬產地，但我在路上看到的並不是純種狗，最常見的是黃棕色的，每一隻都是一無是處的愚蠢土狗。我原本就厭惡畜犬，自從朋友受難以來嫌惡更是與日俱增，對牠們的警戒一刻都不敢鬆懈，然而牠們卻無處不在，每一條小路都能見到這群畜生撒野，或者優閒懶散地蜷成一團睡覺，因此要做到萬無一失實在難上加難。若情況允許，我恨不得戴上護腿、護腕、頭盔再上街，但這身打扮怕是會嚇壞路人，社會風俗不允許我這麼做，所以我只好另尋他法。我認真、嚴肅地思考了該如何對付這些狗。首先我研究了狗的心態。我對人類多少有些心得，偶爾也能猜得八九不離十，但對狗，我就沒有把握了。人類的語言對於狗與人的情感交流究竟能起到多少作用，令我存疑。倘若語言不管用，那就只能揣測彼此的肢體語言與表情了。尾巴的動向尤其重要，但仔細深究起來，尾巴的動作還真複雜，不是三兩下就能解讀出個所以然的。絕望之際，我想出了一個極其卑劣、無可救藥的法子。這是一種可悲、逼不得已的下下策。每當遇到狗，我就笑臉盈盈，裝作毫無害狗之心。夜裡，狗也許看不見我的微笑，我就親切地哼著童謠，努力讓狗知道我是個溫和友善的人類。我發現這多少有些效果，因為狗至今尚未向我撲來，但我仍不能掉以輕心。從狗身旁經過時，不論多麼害怕，我絕對不用跑的。我會露出卑微諂媚的笑容，天真無邪地搖著腦袋瓜，緩緩地、緩緩地，即使覺得內心與背上像爬了十隻毛毛蟲般窒息、令我寒毛直豎，也會緩緩、緩緩地走過。我對自己的卑微深感痛心，嫌惡到幾乎想放聲大哭，但我若不這麼做，那些畜生一定會立刻撲上來咬我，於是我對每條狗都用了這喪權辱國的招式。我怕頭髮留太長，牠們會懷疑我是可疑人士而亂吠，因此就連一向厭惡的理髮廳，我也開始頻頻光顧。我還擔心帶枴杖出門，狗會以為那是要嚇唬牠們的武器，為了不刺激牠們，我從此扔掉了枴杖。狗的心深不可測，我只好遇到每一條狗，都極盡所能逢迎拍馬，萬萬沒想到，狗竟因此愛上了我，一隻隻搖著尾巴跟在我身後。那真是捶胸頓足、悔不當初啊！天底下竟有如此諷刺之事。我對狗向來避之唯恐不及，最近對牠們的厭惡更是攀到高峰。與其被這些畜犬青睞，我還不如被駱駝看上算了！只要有人暗戀自己，再醜的女人都是好的——在我看來，這種想法膚淺至極。人的自尊、情感，有時並不容許照單全收，是可忍、孰不可忍。我討厭狗，而且老早看穿了牠們殘暴的獸性，並深深引以為恥。只因為人類一天餵牠們一、兩餐剩飯，狗便出賣朋友、拋棄妻子、寄人籬下，一副忠臣孝子的模樣，卻將往日的朋友、兄弟、父母忘得一乾二淨，只看飼主臉色，無恥地阿諛奉承，被打就嗷嗷叫夾著尾巴閉嘴，讓人家笑話，其精神之卑劣、醜陋，難怪會被稱為畜生。牠們明明有健壯的四肢能日行十里，有森森然的獠牙能咬死獅子，卻放任自己像個地痞無賴遊手好閒，毫無矜持地輕易向人類屈服當走狗，同族之間卻互相敵視，一見面就對吼、撕咬，汲汲營營討好人類。看看麻雀吧！牠們是那麼纖弱的小鳥，沒有任何武器卻保有自由，建構起不同於人類的小社會，同類相親相愛，欣然歌詠樸實簡單的生活。我愈想愈覺得狗齷齪。我討厭狗，卻發覺狗與我有幾分相似，這令我更厭惡狗了，厭惡得牙癢癢。偏偏這些狗特別喜歡我，搖著尾巴向我傾訴牠們的愛意，狼狽、悔恨，都不足以表達我的心痛。我因為太畏懼狗的獸性，走在路上總是不知節制地陪笑，結果狗反倒誤以為遇到知音，以為我跟牠們是同一國的，如此結果教我情何以堪？可見凡事都得有個限度，但我現在依然不太會拿捏。

早春時分，吃晚飯前，我到家附近的四十九聯隊練兵場散步。兩、三條狗跟在我身後，我怕牠們一口咬掉我的腳跟，怕得渾身發抖，但狗愛跟我也不是一兩天的事了，我只好聽天由命，裝出人畜無害的傻樣，慢吞吞地走著，拚命、拚命壓抑如脫兔般溜之大吉的衝動。那些狗跟在我身後，竟一路打起架來，我刻意不回頭看，佯裝不知地繼續走，其實心裡早已忍無可忍。若有手槍，我恨不得砰砰砰讓牠們腦袋開花。狗並不知道我是個笑面菩薩、心如夜叉的奸佞小人，還一直當我的跟屁蟲。我繞了練兵場一圈，依舊在狗的簇擁下踏上回程。通常在我到家時，身後的狗也消失得無影無蹤了，但那天，卻有一隻固執、厚臉皮的狗仍然跟著。那是一隻純黑、可憐兮兮的小狗。牠還很小很小、身體大概只有五寸長，但我絕不能因為牠幼小就掉以輕心。牠的牙應該都長齊了，萬一被咬，就得三七二十一天去醫院報到。這種年幼的小傢伙往往不按牌理出牌，所以我必須更小心翼翼。小狗在我身旁跟前跟後，不時抬頭仰望我的臉，東倒西歪地跑著，最後竟跟著我進了家中玄關。

「有個不速之客跟我回來了。」

「哎呀，好可愛！」

「哪裡可愛了？幫我趕走牠。但別太兇，小心牠咬妳。給牠一些點心吃吧！」

又是割地賠款。小狗立刻看穿我的懦弱，竟得寸進尺地慢慢在我家住下。這條狗待了三月、四月、五月、六、七、八，如今都颳秋風了，牠還在我家。這條狗令我欲哭無淚，又不曉得該怎麼收拾牠，無可奈何之下，我只好幫牠取了個「波吉」的小名。波吉在我家已住下半年了，但我始終無法當牠是家中一份子，他就像個外來者，非我族類、其心必異。我們不斷地勾心鬥角，不時散發出煙硝味，總之就是看彼此不順眼。

剛到我家時，波吉還是個小寶寶，牠會狐疑地觀察地上的螞蟻，被蟾蜍嚇得汪汪叫，那模樣連我都忍俊不住。牠雖討人厭，但或許迷路到我家，也是上蒼的旨意吧。於是我在走廊地板為牠做了一個窩，食物也像嬰幼兒的副食品一樣，熬爛了再餵牠，還幫牠灑除蚤粉。但過了一個月我就撐不下去了，因為波吉漸漸露出了雜種狗的劣根性。這條狗原本被扔在練兵場的角落，趁我去散步時纏上我，一路跟我回家。當時牠瘦成皮包骨，毛也稀稀疏疏的，屁股幾乎全禿了，幸虧他遇見我。我餵牠吃點心，幫牠熬粥，對牠輕聲細語，小心翼翼地呵護。換做是旁人，早就一腳把牠踹出去了。我如此悉心照料，並不是因為我愛狗，而是出於我對狗與生俱來的憎惡與恐懼，這只是一種老奸巨猾的策略，不過也多虧了我，這隻波吉現在毛髮豐滿，成了一隻雄壯威武的公犬。我並不是要施恩圖報，只是希望牠多少為我的生活帶來一點樂趣，但野狗終究是野狗。牠食量驚人，大概是想飯後運動，總是把我的木屐當玩具咬個稀巴爛，或是多管閒事將晾在院子裡的衣服拖到地上，弄得都是泥巴。

「不要跟我開這種玩笑嘛！你這樣我很傷腦筋耶！難道有人拜託你這麼做嗎？」我曾像這樣盡可能好聲好氣但又棉裡藏針地挖苦牠，可這條狗卻骨溜溜地轉動眼睛，對冷嘲熱諷的我撒起嬌來，太賴皮了吧！這條狗的臉皮之厚，令人嘆為觀止，於是我更瞧不起牠了。隨著一天天長大，這隻狗的庸庸碌碌也無所遁形。首先是相貌醜陋，小時候的牠體型勻稱，我還以為或許混了什麼優秀品種，結果全是假象，只有身體愈來愈長，四肢短得不像話，彷彿一隻烏龜，這教我如何帶出去見人呢？都已經醜成這樣了，我出門時牠還總是如影隨形，連小男孩、小女孩看到了都用手指指點點，嘲笑牠：「怎麼有這麼醜的狗？」我多少還是愛面子的，不論走路時裝得再若無其事，心裡總是不舒坦。索性裝作不認識牠加快腳步，波吉卻寸步不離，不斷抬頭癡癡地望著我，一路跟前跟後，如膠似漆地纏著，這在旁人眼中絕不是陌生的一人一狗，怎麼看都像一對情投意合的主僕。拜波吉所賜，我每次出門都心如槁木，簡直像在苦行。如果只是像這樣當跟屁蟲也就罷了，但牠漸漸暴露出潛藏在體內的獸性，成了一隻逞兇好鬥的惡犬。他會跟在我身旁，對每一隻路過的狗叫囂，與每條狗都得打上一架才放牠們走。波吉雖然腿短、年紀又小，打架倒是有兩把刷子。有一次牠把波吉留下來的事就這麼敲定了，意外卻在此時發生。波吉得了皮膚病，而且非常嚴重，慘狀筆墨都難以形容，令我不忍卒睹。加上天氣炎熱，牠身上開始散發不尋常的惡臭。這下換妻子受不了了。

「這樣對鄰居不好意思，殺了牠吧！」女人一旦狠下心來，比男人都更冷酷、膽子更大。

「殺了牠嗎？」我嚇得心跳漏了一拍。「要不再忍一陣子？」

我們一心盼望著三鷹的房東快快寫信來。房東曾說過，七月底應該就會好，但眼看七月都要結束了，行李也收拾好了，正準備這一兩天接到消息就出發，但信始終不來。就在我們寫信去詢問房東時，波吉染上了皮膚病。我愈看牠愈覺得鼻酸，就連波吉都對自己醜陋的模樣感到羞愧，開始喜歡躲到陰暗的地方。有時牠會無精打采地趴在玄關的石板上曬太陽，每當我看牠這樣，一罵牠：「唉，受不了你。」牠就會立刻起身，垂著頭，無奈地悄悄鑽進地板下。

即使如此，當我外出時，牠還是會神不知鬼不覺地冒出來，想跟在我身後。誰要讓這種怪物跟著呀？這時我會靜靜地盯著波吉，嘴角清晰地揚起嘲諷的笑容，盯到牠心裡發毛。這個法子非常管用，波吉會突然想起自己多醜陋似的，垂頭喪氣地找個地方躲起來。

「我受不了了，連我身上都開始發癢了。」妻子時不時就找我商量。「我已經盡量忽略牠了，可是每次一見到牠，牠又出現在我夢裡。」

「唉，妳就再忍一下嘛！」除了忍耐，我認為別無他法。即使生病了，牠仍是一頭猛獸，隨便亂碰牠可是會被咬的。「明天三鷹應該就會來消息了，等我們搬走，不就一了百了了嗎？」

三鷹的房東來信了，但內容卻令人大失所望。雨下不停，牆壁乾不了，加上人手不足，大約還要再十天房子才能蓋好。煩死了。我因為莫名的焦慮而無心工作，整日看雜誌喝酒。波吉的皮膚病一天比一天嚴重，我的皮膚也開始動不動就發癢。半夜時，我不知被屋外波吉搔癢時痛苦扭動的聲音嚇醒多少次。我忍無可忍，好幾次想乾脆一不做二不休做掉牠。房東又來信了，說要再等二十天。我把亂七八糟的憤恨全都歸結到波吉身上，開始莫名其妙地詛咒牠。都是因為這個小畜生，害我諸事不順，一切都是波吉的錯。某天夜裡，當我發現自己的睡衣上竟然有狗跳蚤時，我對牠長久以來一再壓抑的怒火終於爆發，暗地裡下了一個重大決定。

我要殺了波吉。牠是恐怖的猛獸，若是平常的我，絕對不敢有這種荒唐的想法，但盆地特有的酷暑卻一點一點消磨了我的理智，我整日無所事事，只是呆呆地等房東的消息，每日窮極無聊，又心煩意亂、坐立難安，再加上失眠，簡直都要瘋了。發現狗跳蚤的當晚，我立刻請妻子買了一大片牛排回來，我則到藥局少量購入某種藥物，將一切準備就緒。妻子非常激動，當晚我們這對惡鬼夫婦便低著頭小聲商量了起來。

隔天一早，我四點就起床了。我設了鬧鐘，但在它還沒響之前便睜開雙眼。東方已經泛起了魚肚白，空氣裡帶著一絲涼意。我提著用竹皮包裹的牛肉，走向屋外。

「快去快回，不要等到牠咽氣。」妻子站在玄關目送我，平靜地說道。

「我知道，波吉，走吧！」

波吉搖著尾巴，從地板下鑽出來。

「來、來！」我一邊喊著，一邊快步向前，今天我並沒有壞心眼地盯著波吉，所以波吉也忘了自己是個醜八怪，高高興興地當起跟屁蟲。霧很濃，鎮上的人都還在酣睡，我匆匆趕往練兵場，途中遇到一隻恐怖的大黃狗，對波吉猛吠。波吉跟往常一樣，擺出一副很有家教的踐樣，彷彿在說「有什麼好吵的？」隨後輕蔑地看了大黃狗一眼，迅速從牠面前通過。大黃狗非常卑鄙，竟光天化日之下、一陣風似地從背後偷襲波吉，而且瞄準的是波吉光禿禿的睪丸。波吉迅速轉身與大黃狗對峙，但又猶豫了一下，偷偷觀察我的臉色。

「上啊！」我大聲號令。「黃狗太卑鄙了！好好教訓牠！」

波吉獲得軍令，用力抖了一下身體，像一顆子彈撲向大黃狗的胸口。兩隻狗頓時汪汪亂叫、扭打成一團。大黃狗體型壯碩，幾乎是波吉的兩倍，卻不是波吉的對手。不一會兒，大黃狗便嗷嗷慘叫，兵敗如山倒。搞不好還被波吉傳染了皮膚病，真是個得不償失的蠢蛋。

架打完後，我鬆了口氣，觀戰時我手心淌滿了汗，一度以為自己會捲入兩條狗的死鬥，與牠們共赴黃泉。當時我心中莫名其妙熱血沸騰——波吉啊！不必管我會不會被咬死，你就放膽好好殺一場！波吉追了逃之夭夭的大黃狗一會兒又停下來，瞄了瞄我的臉色，頓時像一顆洩了氣的皮球，垂頭喪氣回到我身邊。

「好！打得好！」我稱讚波吉，接著往前走，啪噠啪噠地過了橋，抵達練兵場。

以前波吉就被扔在這座練兵場。所以現在，我又帶牠回到這裡。你就死在你的故鄉吧！

我停下腳步，啪地一聲把一大片牛排扔到腳邊。

「波吉，吃吧！」我楞楞地站著，不願看波吉。「波吉，吃吧！」腳邊傳來狼吞虎嚥的聲音，不到一分鐘，波吉應該就沒命了。

我駝著背，慢吞吞地走著。霧很濃，連近在咫尺的山都霧茫茫、黑壓壓的一片。南阿爾卑斯山、富士山，全都看不見。晨露打濕了我的木屐。我的背更駝了，慢吞吞地踱步回家。我越過橋，來到中學門口前回頭一看，波吉好端端地跟在後面。牠無地自容般低著頭，躲開了我的視線。

我是個成年人了，已不再會大喜大悲。我立刻明白是怎麼一回事，藥物沒生效。我點點頭，決定將恩怨一筆勾銷。回到家後，我說：

「失敗了，藥沒效，我們放過波吉吧，牠是無辜的。藝術家本就該站在弱者這邊。」我把一路上的感想照實說出來。「弱者是我們的朋友，對藝術家而言，這是出發點，也是最崇高的目標。這麼簡單的道理，我竟然忘了。不只我，大家都忘了。我想帶波吉去東京，如果朋友嘲笑波吉醜，我就揍他。家裡有雞蛋嗎？」

「有……」妻子眉頭深鎖。

「給波吉吧，如果有兩顆，就給兩顆。妳就再忍忍吧，皮膚病這種小病，很快就會好了。」

「嗯……」妻子依舊眉頭深鎖。

◎作者簡介

太宰治・だざい おさむ

一九〇九－一九四八

小說家，本名津島修治，一九〇九年六月十九日，出生於青森北津輕仕紳之家。高中時期接觸左翼思想，對自己富家子弟身分懷抱罪惡感。初期作品傾向社會批判，大學時期更因傾心左翼運動、耽溺酒色而怠惰課業，遭東京大學除籍。一九三〇年與酒吧侍女殉情不成，日後仍多次隨其他女性殉情、自殺未果。一九三五年發表〈逆行〉獲第一屆芥川賞提名，最終落選。戰後，以〈維榮之妻〉、〈斜陽〉、〈人間失格〉等傑作走紅文壇，與坂口安吾、織田作之助等同列無賴派、新戲作派作家。一九四八年六月十三日於東京玉川上水與情人山崎富榮殉情而亡。

我與狗的淵源

宮本百合子｜みやもと ゆりこ

有時從報紙上看到不錯的看門狗廣告，或者聽愛狗的堂弟聊起狗，我心裡就會湧現各式各樣的想像。我好想要一隻狗，甚至發表過這樣的主張——若是我自己養，我一定會讓牠很自由，絕不逼牠學些耍小聰明的才藝。

我記得五、六歲的時候，林町的家裡養了一條叫小白的狗。

照理說小白應該跟名字一樣，是一條純白的狗，但在我模糊的記憶中，牠渾身上下都灰灰髒髒的。一定是因為沒人幫牠洗澡、梳毛。當時正處日俄戰爭前，人心浮動，或許大多數人都沒心思幫狗兒洗澡、美容。

在我模糊的記憶裡，隱約還記得灰灰髒髒的小白垂著尾巴，搖頭晃腦地走著，在院裡稀稀疏疏的枳樹籬洞鑽進鑽出。

家人雖然小白、小白地叫牠，卻不是因為多愛牠才養的。大概只有父親值夜班顧洋行時，母親在家才會餵牠一些食物。

那時千駄木林町是個非常荒涼的郊區，即便在大馬路上，空地也比屋舍多。爬完團子坡右轉走一會兒，轉眼就可看見須藤家鬱鬱蒼蒼的杉樹林，林間夾雜著已故工學博士渡邊渡小小的屋子。越過通往田端的小徑，立刻又是松平還是誰家幾萬坪荒廢的庭院，旁邊緊鄰著幾間大型植樹行。屋後有一條只能讓一台人力車勉強通過的蜿蜒小徑，通往真田男爵家陰森的竹林，以及藤堂伯爵家的橡樹林，即使是大白天，走在那兒我也必須頻頻回頭。

我家不靠馬路，正門雖狹窄、後院卻很寬敞，因此連一向天不怕地不怕的母親都不免擔心宵小。而且當時附近確實經常遭竊，光我知道的就有兩次。不過，這些事是在小白在的時候發生的嗎？還是牠死後呢？

小孩的生活容易與動物親近，但我卻沒留下什麼與小白快樂的回憶，可見當時小白的生活與我們一樣，寂寞、悲涼。與其說牠是一條健健康康、與孩子們玩在一塊兒、在草坪上追趕跑跳的幸福寵物狗，倒不如說是永遠只能替主人看門，從亂糟糟的樹籬洞爬進爬出的可憐動物。

屠狗夫來了。拖著貨車、手持棍棒的屠狗夫來了。我們兄弟姊妹三人，嚇得毛骨悚然，逃進家裡。

小白的死是因為被屠狗夫殺了，還是生病呢？我到現在仍不知道。我試著問家人，但連母親都忘了。不知怎麼來到我家的小白，又不明不白地從我們的生活消失了，唯一確定的只有牠死了。

在那之後過了幾年。

父親從英國回來了。

弟妹變多了，附近的模樣也有了變化。

一九二四年二月的今天，林町一帶，自那個時代保留的只剩下藤堂家的樹林了。從徒具形式的枳樹籬看出去時，那令人懷念的一幕——古老櫻花樹以及多年未修剪而叢生的灌木、雜草，已經變成了丸善墨水工廠的瓶罐堆積場，後面還有一區租了出去，一九二三年九月一日的關東大地震以後，那裡就圍起了七、八尺高殺風景的鐵皮牆，成了某個家園付之一炬的有錢人的住宅用地。

靠股票致富的須藤，對於到處開放的空地應該不太可能不了解它們在生產上的意義。恐怕從德川幕府時代開始，在駒込村一帶於夏夜裡趕路至天明的大量車伕，已經再也遇不到從杉樹梢滴落的露水了。

聊到種種變遷，以及過去在屋後的草莓田，小白這個名字偶爾就會出現在我們口中。

不過自那以後，我們再也沒有養狗。母親生來就不太喜歡動物，父親更是無所謂。後來家裡雖然大規模地養過鴨、鴿子、雞，但在那前後，貓與狗對我們家庭而言，都只是侵略者罷了。

我承認貓長得漂亮、個性也有好玩的地方，但我就是不喜歡貓。從小我就這樣，一點也沒變。

貓那軟綿綿到令人不舒服、沒有腳步聲的動作，以及喵地一聲皺起小鼻子，張開鮮紅嘴巴鳴叫的樣子，陰森森的，令我毛骨悚然。

從很久以前，我就想著若要養寵物，一定要養狗。我知道結婚後帶狗狗散步會很麻煩，但我的意志卻更堅定了。然而，窮學者的生活只住得起窄小的屋子，無法優雅地飼養純種犬。若好不容易養了狗，不但狗不自在，我也勞神費力，那就不有趣了，因此我住在本鄉時如此，搬到青山也一樣，幾乎斷了這個念頭。有時從報紙上看到不錯的看門狗廣告，或者聽愛狗的堂弟聊起狗，我心裡就會湧現各式各樣的想像。我好想要一條狗，甚至發表過這樣的主張——若是我自己養，我一定會讓牠很自由，絕不逼牠學些耍小聰明的才藝。就跟人活得不像人很痛苦一樣，狗當不成狗也很淒涼吧！我看到那些下町人自然而然地將聰明伶俐的可憐小狗抓起來，要牠們靠後腳站立，或是把食物放在面前要牠們忍耐或轉圈圈，我就於心不忍。但願主人與狗能在情感上好好溝通、在無形間互相理解。刻意訓練狗是一種拙劣的花招，就跟種植變種盆栽取悅人類沒兩樣。世界上還有一種令我不舒服的狗，那就是給歐洲婦人當玩具，瘦小、孱弱，彷彿在骸骨上貼了一層皮草的口袋狗或袖子狗。我喜歡個性溫和、體型壯碩、誠實熱情、有著蓬鬆毛髮的大型犬。喜歡不必費心繁殖，隨處可見，而且狗有狗樣的狗。

不過今天卻發生了一件意想不到事。下午三點左右，我將工作告一段落，一個人吃著遲來的午餐。外頭傳來玄關紙門拉開的聲音，應該是丈夫回來了。出去迎接的女傭驚訝地叫了一聲：

「唉呀！老爺。」

一會兒她笑著說：

「這吹的是什麼風呀！」

我一聽，將餐巾扔在桌上，跑到玄關一看。一見玄關水泥地上的東西，便不由自主地叫了出來：

「唉呀！怎麼回事？」

一隻白白胖胖、像羊一樣有著純白捲毛的小狗趴在那兒。

小狗不叫也不怕，奮力搖著像棉花搓成的毛茸茸白尾巴，扯著丈夫外套的下襬玩耍。

我套上庭院用的木屐，來到玄關水泥地上。

伸出手來：「狗狗、狗狗。」地喊著，摸摸牠黑黝黝的潮濕鼻子。狗的尾巴搖得更激烈了。

「這應該不是野狗吧？怎麼回事？」

「我在路上遇到牠，牠一直跟著路人走。對吧！小狗狗。」

「牠突然就跟著你回來了？」

「不不，我有和牠說一會兒話，我一直跟他講英文。Here, Here, Puppy, give me your hand, give me your hand.」

我一看，那微帶著灰的一雙眼睛又大又漂亮，還有毛茸茸的身體，實在討人喜歡。牠的頭、耳朵有波浪狀的巧克力色花紋，鼻梁上有白斑。從牠那不怕生的表現，我知道牠應該是大型犬，個性會很溫和。

「把牠留下來好嗎？」我央求。

「可以讓牠在後院玩。你看，牠脖子上沒掛項圈，應該不是哪戶人家養的狗。好不好嘛？家裡正好有一個橘子紙箱。」

「箱子在哪？」丈夫說著，隨即將小狗抱起，帶到朝北只有三坪大的空地去。我跟在後面走進空地。

小狗落到地面後，因為來到新環境，興奮地衝來衝去。牠穿過一小叢杜鵑花蔭，踩過橐吾枯葉，像個活潑的小男孩，敏捷地滴溜溜轉著白色身體，在春天的庭院中奔馳。

我已經好久不曾像這樣感到快樂、溫暖、笑顏逐開了，就像看著三、四歲的幼兒一樣。沒有孩子的家庭欠缺的旺盛精力、可愛的惡作劇、令人哭笑不得的天真模樣，突然因為一條撿來的小狗，充滿了整個家。

我一點也不在乎被泥巴弄髒，和在院子裡衝來跑去的小狗玩了起來。牠熟悉地扯著我的裙襬，撲在我腳上。那粗粗短短的小腿太可愛了，還有撞在我身上、充滿彈力、沉甸甸的身子，以及跟我玩時咬在皮膚上刺刺癢癢的感覺，都令我耳目一新，愉快地幾乎落淚。

丈夫來到走廊上，他不知何時取好了名字，「馬克、馬克！」地呼喚小狗。

馬克。原本想叫牠安東尼的我，不禁笑了出來。我記得夏目老師那裡有一條狗，叫赫克托。

這條小狗的長相，不適合安東尼這種充滿貴族氣息、趾高氣昂的名字。還是叫馬克好了，那有點土土的模樣，更適合這種通俗的小名。

新成員馬克並不像一般的幼犬一樣，嗷嗷嗷地哭個不停，尤其白天更是安靜。大概很久以前就和母犬分離了。

我們替牠（牠是一隻公犬）布置橘子紙箱的窩，用褪色的水藍色法蘭絨縫了一條墊被。

如今牠正在玄關角落睡覺，時不時發出粗而滑稽的鼾聲。

女傭討厭狗，令我多少有些擔心。我也怕我們像膝下無子的夫妻一樣偏愛得太明顯，這會讓我有些不好意思。

拜託今晚別哭得太大聲唷——家中每個人都這麼祈禱。

◎作者簡介

宮本百合子・みやもと ゆりこ

一八九九—一九五一

小說家。出生於東京小石川，舊姓中条。一九一六年進入日本女子大學英文系就讀，十七歲發表以窮苦庶民生活為題材的小說處女作〈貧窮的人們〉，獲得「天才少女」之美譽，之後陸續發表〈陽光燦爛〉、〈豐饒土地〉等小說確立文壇地位。一九二八年前往蘇聯拜見社會主義文學奠基者馬克西姆・高爾基，歸國後加入日本無產階級作家同盟及共產黨，在寫作之外亦參與政治活動，曾多次因與政府思想牴觸入獄。入獄期間寫給丈夫的四千多封書信後結集成冊，以《十二年的書簡》為題出版，展露戰時知識分子的精神光輝。戰後發表〈播州平野〉、〈道標〉等小說，帶領民主主義文化與文學運動活躍於文壇。

美麗的狗兒

林芙美子｜はやし ふみこ

不知不覺，冬天又到了，入夜後變得非常冷，佩托好幾次從垃圾堆裡醒來，但牠還是忍耐著嚴寒，每天尋找食物度日。偶爾會給佩托食物吃的本田醫師也到東京去了。天氣一冷，避難的人幾乎都離開了，別墅區變得好荒涼，冷冷清清的空無一人。

北風從遠方颳來，是一場暴風雪。湖面已經結了一層薄冰，沒有任何人搭船。

佩托跑到湖畔，從剛才就叫個不停。佩托是被莫理斯先生棄養的流浪犬，住在莫理斯先生別墅的門廊。來到莫理斯先生位於野尻湖畔的別墅時，佩托的毛髮還很有光澤，身體也很健壯。

莫理斯先生在戰爭爆發後，帶著家人回美國了。佩托被柏原的雜貨舖花錢買了下來，但才過一週，佩托就掙脫鎖鍊，逃到野尻。之後，佩托在莫理斯先生的鄰居——白俄移民加布拉西先生的寵愛下度日，但戰爭一打完，加布拉西先生也和家人一起搬到橫濱了。

佩托離開加布拉西先生，又失去食物，再也不像以前擁有一身蓬鬆亮麗的毛髮，成了在野尻湖畔步履蹣跚的野狗。

佩托是混種的獵狗，棕色大型犬。他失去心愛的主人，又揮別加布拉西先生，離開原本愉快、安穩的生活，身體愈來愈虛弱。

以前每到冬天，莫理斯先生在東京麻布的家裡，就會讓佩托待在暖爐旁。在野尻時，加布拉西先生一入冬，也會讓佩托躺在暖爐邊，可是戰爭一打完，佩托心愛的人一個也不在了，佩托第一次這麼狼狽地度過冬天。

雖然每間別墅幾乎都有人留下來避難，卻沒有一人發揮慈悲心腸，願意收留佩托。佩托有時會走在野尻鎮上，從家家戶戶的廚房窗口偷看，尋找有沒有東西能吃，廚房裡的人雖然會憐憫地望著牠，但還是噓、噓地趕牠走，沒有人願意給佩托東西吃。

但佩托還是努力尋找食物，一天天過了下去。

秋天接近尾聲時，野尻的別墅區來了一輛沒見過的吉普車，那是美國的阿兵哥到湖畔來搭船遊湖。佩托好久沒遇到長得像莫理斯先生的人了，於是興沖沖跑到了吉普車旁。留在吉普車上的阿兵哥見到佩托，吹起口哨，扔了餅乾給牠。

佩托喜出望外，撲向阿兵哥的手邊。佩托已經好幾年沒得到美味的餅乾了，牠奮力地搖著尾巴，與阿兵哥玩了起來。

佩托好開心、好開心。

沒多久，天色晚了，吉普車載著遊完湖的阿兵哥回城鎮去了。

佩托一直追在吉普車後面，直到看不見車影。牠跑啊跑、跑啊跑，最後還是追丟了吉普車，只好愣在原地。佩托一想到又得回去沒有莫理斯先生的門廊，便寂寞地悲從中來。

不知不覺，冬天又到了，入夜後變得非常冷，佩托好幾次從垃圾堆裡醒來，但牠還是忍耐著嚴寒，每天尋找食物度日。偶爾會給佩托食物吃的本田醫師也到東京去了。天氣一冷，避難的人幾乎都離開了，別墅區變得好荒涼，冷冷清清的空無一人。

佩托鑽過腐朽地板的裂縫，從地板爬出來，進入以前莫理斯先生時常讀書的房間，在角落緩緩蹲下來睡著了。

佩托這時已經上了年紀，牙齒搖搖欲墜，腳也站不穩，已經沒有精力去度過這個冬天了。

佩托完全不曉得為什麼莫理斯先生要拋棄自己。與莫理斯先生的回憶是那麼幸福快樂——夏天傍晚，牠們在門廊的餐桌一起用餐，莫理斯先生用唱片機播放音樂，將美味的大塊肉片遞給佩托——佩托三不五時還會懷念曾經的種種。

早上，莫理斯先生的太太總是在麥片上淋牛奶，放到狗屋前。那棟狗屋被搬到柏原，現在佩托在這裡已經無家可歸了。

野尻下雪了，湖面像覆了一層皮，漸漸結凍。佩托耐不住寂寞，每晚都來到湖畔，向湖水嚎叫。因為牠只要邊跑邊吼，不一會兒身體就能暖和起來……

有時天氣好，佩托會追捕小鳥，刁到莫理斯先生的別墅，狼吞虎嚥地連骨頭吃個精光。聞到被扔掉的生鏽罐頭，就覺得那是莫理斯先生的氣味，覺得好懷念。

雪愈下愈大，湖畔四周像立了白色的屏風，樹木、房屋都深深埋在雪裡。

今天也從傍晚就颳起暴風雪，佩托只要不動就會渾身凍僵，於是牠又跑到湖畔，望著凍結的湖面，汪、汪、汪地大吼。周遭已經完全暗下來了，雪如粉末般隨狂風漫天飛舞。

佩托從早上就什麼也沒吃。白天，牠到大久保村尋覓食物，可惜一無所獲。牠想像往常一樣捕捉野鼠，但是雪太大了，野鼠都躲起來了。

佩托來到湖畔，吼了一會兒，突然覺得後腳很痛，一個踉蹌倒在雪地上。佩托好想喝熱呼呼的牛奶。

今年冬天為什麼那麼冷清，都沒有人呢？偶爾找到有人的別墅，屋裡的人也只是掄起棒子趕狗，不肯收留牠。

佩托拖著腳，回到莫理斯先生的別墅，又從地板鑽回老地方。

屋裡一片漆黑，風雪時不時吹動壞掉的玻璃窗，猛然颼進室內。過了一會兒，雪微弱的螢光，朦朦朧朧照亮了幽暗的屋內。

佩托走上二樓。窗邊有一張用稻草編成的大床。佩托拖著腳，鑽到床底下。

牠時不時將頭轉向窗戶，對激烈的風雪大吼，但挾著雪敲打窗戶的暴風一點也沒靜下來。

佩托覺得好淒涼，眼淚差點奪眶而出。

結滿蜘蛛網的窗簾拉繩，從天花板垂落。佩托咯吱咯吱地咬了繩子好一會兒。

咬著咬著，佩托的意識漸漸模糊了。牠感覺到有燭火般璀璨繽紛的光芒，在朦朧的雙眼前閃爍不定。

竄進屋裡的風雪不知不覺間，變成小蝴蝶般的天使，在佩托身旁手牽著手一圈圈環繞牠。佩托覺得好舒服，腦海中，浮現莫理斯先生刁著大菸斗、彈鋼琴的身影，以及莫理斯先生命令牠跳高時，猛然曬在身上的夏日豔陽。

佩托三不五時，就會聽到彷彿神的聲音對牠說話：

「佩托，不能睡著，打起精神來，再忍一下，春天就快到了。」

迷迷糊糊中，佩托只覺得輕飄飄的好舒服。

春天到了，莫理斯先生當上中校，從美國回到日本。他寄了一封信給柏原的雜貨店，說不日將前往野尻一趟，嚇了雜貨店老闆娘一跳。雜貨店老闆娘帶著打掃用具，與大兒子兩人來到莫理斯先生的別墅。

打開鎖上二樓一看，在莫理斯先生的床鋪底下，佩托已經瘦成皮包骨死去了。牠的身體沒有腐爛，躺在地上看起來很安詳。

老闆娘放下水桶，喃喃地哭了起來：「天啊，佩托竟然在這兒。」老闆娘望著忘不了主人家的忠心的佩托，感到深深地、深深地抱歉。

◎作者簡介

林芙美子・はやし ふみこ

一九〇三—一九五一

暢銷女流小說家。出生於北九州門司市。廣島縣尾道市立高等女學校畢業後前往東京，為求生計做過幫傭、餐廳侍女、小販、廣告員等各種雜務勞動，看盡當時社會底層的人生百態，二十七歲出版自傳體長篇小說《放浪記》確立文壇地位，隨後發表〈手風琴與魚之小鎮〉，以及描寫夫妻日常生活的〈清貧之書〉大獲好評。曾獨身遠赴巴黎旅行，二戰期間更以戰地作家身分前往中國、爪哇、法屬印度高原等地，拓展創作視野與內涵。著有《晚菊》、《浮雲》等代表作，刻畫戰後日本社會男女間的苦澀情感流動，並以《晚菊》獲得第三屆「女流文學者獎」。

狗

島崎藤村｜しまざき とうそん

一隻從頭頂到眼睛垂著白色長毛瀏海的吉娃娃，於我心中清楚浮現。這頭飼養在屋內的野獸，有時就像我的兒時玩伴，有時又像令人毛骨悚然的妖怪，在我跟前晃來晃去。

最近我常去一家小小的洋食館。曾四處尋覓鯛魚鍋、蛤蜊湯的我，已經吃膩了大餐廳，最後在鎮上發現這間有點髒兮兮的洋食館，一間任性的隱匿小店。塗成藍色的窗框前，掛著夏天就布置好的褪色蕾絲布簾。十二月的陽光從水溝蓋處灑入室內，照耀在鋪了沾染污漬的白色桌巾餐桌上。我直接穿著木屐，在那兒坐了下來。

一生中最鼎盛的三十多歲時光，馬上就要到盡頭了，這令我莫名惶恐。與其說想忘卻這諸事不順的一年，不如說我想在三字頭的尾聲、在獲得生命的日子，於匆忙人群自窗外來來往往的淒寒歲末氛圍下，獨自沉溺在半生的悔恨裡。如今，我再也不想見到過去認識的太多男男女女。就連距離這座洋食館不到五十公尺的大河，朝鐵橋下的石柱匯流成漩渦——這彷彿會奪人心魂的水岸風景，都不願再看。還是眼前的醬汁、裝芥末的小碟子、擺得亂七八糟的洋酒瓶、鋪滿壁紙的牆、掛在牆上簡陋的畫、啤酒廣告，更適合做為我的容身之地。我想當個不落人後的聰明人，但如今，我卻深感自己有多愚劣。我有個念頭，想趁生前寫下自傳，這個心願應該不只我有。像我一樣浪費掉半生的人，多半會在自傳裡洋洋得意地寫滿女人的名字、容貌美醜、性情、年齡、肌膚觸感等等，蠢事愈多愈是沾沾自喜，然後一讀再讀，反問——是，我就是那麼愚蠢，但有人比我不蠢嗎？世上再也沒有比這更能告白自我愚劣的方式了。如今的我，在為表演喝采之前，已經能體會於台上反覆擺弄自己所作所為的老毒婦的心了。

我擁有被愛的特質，容貌也足以吸引女人。雖然有點自吹自擂，但我的髮型經常修剪、鼻子又挺又直、皮膚偏黑卻細緻光滑。不僅如此，我還深知如何善用這份俊美。當時我年輕且身強體壯，又具備在女人面前壯大的神奇本領，懂得不失殷勤且大膽地創造歡愉。我任由不知不覺出現在身邊的人群包圍，僅憑青春熱血及時行樂，從不為自己考量。我不只獲得了渴望的，連不追求的也送上門了，暗地裡覺得自己很幸福，任由精力與耐性虛耗殆盡，全然不知當我到了這把年紀，會有如今的悔恨、悲慟。當我發現這件事時，我除了深深咒罵自己，別無他法。我現在只是個將近不惑之年的人，身體卻已經垂垂老矣、手腳顫抖了。

繫著白色骯髒圍裙的侍者穿過深色門簾，將叉子與湯匙放在桌上，送來牡蠣濃湯。我不太喝酒，雖然有些嗜甜，但還是將斟滿白葡萄酒的玻璃杯往前推，一點一點地啜飲起乳白色的牡蠣濃湯。聽著門簾裡下廚的動靜，以及油脂吱吱作響的聲音，我心中浮現出如夢般逝去的歲月。

侍者收走湯盤，換上一份炸肉排。我的心飛回了遙遠的孩提時光，回到剛懂事，還很天真、幼小，看到什麼都容易驚訝的日子。這些平時幾乎不曾想起的往事，如今卻鮮明地浮現，彷彿那不是往日回憶，而是今天才經歷的事。

若一張白紙般來到世上的我是個學生，那出現在這名年幼學童面前、教他各種知識的老師又是誰呢？我咯吱咯吱地操控著刀叉，一面品嘗盤中的菜肴一面思考這件事。我回想起那些老師並非嚴格的長輩，而是一個又一個女傭。有個女傭站在我面前，從懷裡掏出我在學校從未見過的書給我看，她對我說，那是女人才有的東西。又有另一名女傭，她是個好人，但有些心浮氣躁，在她幫傭的許多年，她經常犯錯，屢屢道歉。我還記得，那女人插了髮簪的頭上，包著一條深灰色頭巾，頂端凸出來，像極了擬寶珠。「那是阿由的情夫。」家裡的人曾喊那女傭的名字，指著一名鐘錶匠給我看。那是我第一次學到「情夫」這個字。又有一名女傭，她擁有不似一般下僕的美貌，頂著一頭烏黑的秀髮，我曾經當面見過她的主人調戲她，她卻大喊著：「呀，夫人，別這樣。」那女人沒待多久就離開了，之後換了一名膚色黝黑、說話帶著濃濃鄉音，最令我厭惡的女傭來。她是從鄉下來幫傭的，有個農民打扮的年輕男人經常悄悄探望她，好像是她丈夫。這件事我比家中任何一個人都更清楚，因為這女傭總喜歡當著我的面，以一種半是傾吐心事的語氣，聊各種男人的話題給我聽。

我雖愚昧，卻想當個老實人，但終究是記憶比我本人老實得多。儘管看慣、聽膩了大人們的所作所為，那個年紀的我也沒有模仿，而是停留在懵懂的階段。灌輸我最多未知情事的，是我最討厭的那名女傭。有天晚上，我被那女人叫醒，我沒出聲假裝還在睡，她竟一個人猛烈搖晃起來。女人過沒多久便告假，與男人一起回鄉了。

之後家裡又雇了一位臉色紅潤、體型豐滿、吃苦耐勞的女傭。每個人都喜歡她，記得小時候我和她的感情也最好。這名女傭常到我房裡，用略帶沙啞的嬌媚嗓音，唱流行的靡靡之音給我聽。這女人唱得極好，連她自己都沉醉在自己的歌聲裡。我也豎耳傾聽，彷彿被帶往未知的世界。

侍者又端來另外一盤菜。此時有兩條狗從水溝蓋處走進來，繞過電話，來到我的座位旁，臉上寫著「我想吃你盤裡的食物」。讓牠們待在旁邊教人心煩，試著趕牠們去屋外又無動於衷。我索性忽略狗，動起叉子。這兩隻都是白狗，在沒客人的餐桌下嗅著來回踱步，接著又回到我身邊乞食。

「難道狗也教過我？不會吧！」

我自言自語起來，彷彿有人在陪我聊天。之所以說「不會吧」，是因為不僅那些女傭，就連狗，我都不敢打從心底否認牠們當過我的老師。

一隻從頭頂到眼睛垂著白色長毛瀏海的吉娃娃，於我心中清楚浮現。這頭飼養在屋內的野獸，有時就像我的兒時玩伴，有時又像令人毛骨悚然的妖怪，在我跟前晃來晃去。我現在彷彿都還聽得見那體型嬌小、性格聰穎的吉娃娃，甩著頭上的長毛與蓬鬆的尾巴，在榻榻米上走來走去時的腳步聲。

「這條狗聽得懂人話。」

家裡有人笑著這麼說，可見牠與人類多熟悉。牠那微歪著頭，在我們面前正襟危坐的模樣，怎麼看都像在察言觀色。我記得牠那長而蓬鬆的瀏海下，一雙慧黠的眼睛經常流淚。也記得有人說牠的毛髒了，便將這隻不情願的小狗硬是拖進澡盆裡，拿肥皂使勁地搓揉，害牠從鼻子發出嚶嚶嚶的哭聲。毛髮濕透的牠看起來更瘦小了。只有這時候，牠的眼睛才會露出來。牠似乎等不及毛乾，就在屋裡狂奔起來，小小的身體在每一處經過的地方摩擦，在房間內翻滾，跑了一圈又一圈。牠在人前用力地甩著濕答答的毛髮，任由水珠四處飛濺。每當門口有人，這隻吉娃娃光聽腳步聲，就能辨認是客人還是家裡人，然後第一個飛奔出去。

喊牠時，牠會高興地汪汪叫，跑來我身邊，抱住我的手，伸出長長的舌頭，將我的鼻子、嘴巴、乃至整張臉都舔遍，那是牠愛我的表現。我則是閉上嘴，別開臉，讓牠坐在我的膝蓋上。

曾有人帶同樣擁有亮麗長毛的母吉娃娃來，想要繁殖這個品種，導致牠那忽視人類習慣的動物本性變本加厲，幾乎是發自本能地在我身旁狂奔，彷彿忘了分辨我是人還是狗。

「再來想點什麼？要不要來些清爽的小菜？」

侍者在我身旁搓著手問道。

陽光突然變得熾烈，從窗戶照進來。屋內木地板陰影處，透著一股莫名的寒意。我回到了那個耳鳴腰痛的自己，驚覺這些毛病就像宿疾再也不會離我而去，不禁渾身發抖。送洋食外賣的伙計發出厚實的腳步聲，在水溝蓋上進進出出。我把留長指甲的手放在桌巾上，想著那些穿圍裙、手裡捏著抹布的昏昧女傭們與狗，就是那樣為我啟蒙的，臉便不由自主垮了下來。

侍者小心翼翼地端著熱紅茶以免潑出，來到我面前。那煩人的兩條狗，直到我喝完紅茶，仍在一旁盯著我。

◎作者簡介

島崎藤村・しまざき とうそん

一八七二—一九四三

大正時期小說家、詩人。明治五年二月十七日出生於日本筑摩縣馬籠村（現岐阜縣中津川市），本名島崎春樹。在學期間受洗為基督徒，並展開對文學的熱忱，一八九三年參與文藝雜誌《文學界》的創刊，陸續於雜誌上發表劇詩、小說。一八九七年出版第一本詩集《若菜集》受到注目，被視為日本近代詩的起點，一九〇六年出版歷經七年完成的第一部長篇小說《破戒》更獲文壇激賞，奠定自然主義文學旗手地位。後因苦於與姪女間的不倫關係遠走法國，歸國後將這段經歷寫成小說〈新生〉作為懺悔。另有代表作〈家〉、〈黎明前夕〉等。

狗狗與娃娃

夢野久作｜ゆめの きゅうさく

東京這次的地牛翻身與大火災，造成許多人罹難。活下來的民眾也失去家園、衣服、食物，度日艱難。

太郎與花子牽著爸爸、媽媽的手，來到東京近郊的奶奶家避難。

東京這次的地牛翻身與大火災，造成許多人罹難。活下來的民眾也失去家園、衣服、食物，度日艱難。

太郎與花子牽著爸爸、媽媽的手，來到東京近郊的奶奶家避難。兩人聽著許久不見的慈祥奶奶的聲音，甜甜地進入夢鄉。

夜裡，太郎大聲說了夢話：

「波吉！波吉！」

他叫著。花子也說了夢話：

「瑪莉！瑪莉！」

她喊著，接著又沉沉睡去。爸爸與媽媽面面相覷：

「好像夢到狗狗和娃娃了。」

「都葬身火海了，可憐的孩子……。」

爸媽說道。

第二天早上，太郎與花子兩人一起來到爸爸、媽媽跟前：

「請爸爸、媽媽帶我們回東京一趟，我們兩個昨天做了一樣的夢，夢到波吉和瑪莉沒被燒死，拜託我們趕快去接他們。」

太郎與花子說道。爸爸、媽媽一聽，啞然失笑：

「胡說，狗狗還有可能逃跑，娃娃收在壁櫥裡，一定燒焦了。東京的家暫時回不去了，你們兩個乖乖去玩好不好？下次爸爸、媽媽再買更可愛的狗狗和更漂亮的娃娃給你們。」

爸媽說道。

兄妹倆傷心地啜泣起來，不一會兒，花子就在奶奶家院子的角落，立了一塊寫有「瑪莉之墓」的木牌，擺上波斯菊與雞冠花祭拜。太郎說：

「如果波吉還活著，瑪莉一定也沒燒焦。既然還不知道，就先不要蓋墳墓吧！」

太郎阻止花子，但花子還是抽抽搭搭地哭著拜了又拜。

大火終於撲滅了，爸爸獨自回東京察看燒毀的家園。到了傍晚，他急急忙忙趕了回來。

「剩我們家沒被燒掉，走，我們一起回家！」

大夥喜出望外，也把奶奶一起接回了東京的家。

一回家，花子立刻打開壁櫥，找到娃娃後，高興地緊緊抱著它跳了起來，接著陪太郎一起在家附近繞了一圈又一圈：

「波吉！波吉！」

兄妹倆呼喊，可是並沒發現波吉的蹤影，只好哭喪著臉回家。這次換太郎在庭院角落蓋起波吉的墳墓。

花子見狀，說道：

「哥哥，既然娃娃沒燒焦，波吉一定也平安無事，就不要蓋墳墓了吧！」

花子安慰哥哥，但太郎不聽，還是立了墳墓，澆水祭拜。

當晚，夜深了，門口突然響起汪汪汪的猛烈狗叫聲，還聽到有人喊：

「好痛！好痛！你這個畜生！啊痛痛痛，救命啊！」以及啪噠啪躂倉惶逃竄的聲音。

太郎第一個從床上跳起來：

「波吉！是波吉！」

他衝向門口。爸爸、媽媽和花子也嚇了一跳，大家一起趕到門口。有個像小偷一樣的壯漢發出哀嚎，拖著被狗咬傷的腿一跛一跛地逃走了。波吉在他身後拚命咆哮、追趕，最後小偷被路過的巡警捉了起來。

見到波吉回家，太郎一把抱住牠，喜極而泣。

「波吉好棒！波吉最棒了！你趕跑了小偷！」

「給你飯糰當獎勵！」

爸爸、媽媽輪番稱讚波吉。

「夢果然是真的。」

花子抱著娃娃對太郎說。太郎摸著狗狗的背，高興地點點頭。

◎作者簡介

夢野久作・ゆめの きゅうさく

一八八九―一九三六

推理小說家。本名杉山直樹，後改名為泰道，夢野久作為其筆名，意指精神恍惚、整天做白日夢之人。出生於福岡市，慶應大學文科中退。一九一五年曾出家兩年，還俗後從事記者工作，並嘗試寫作推理小說。一九二六年發表怪談〈妖鼓〉正式於文壇出道，其後接續發表〈死後之戀〉、〈瓶詰地獄〉等名作確立新進作家地位。風格詭譎醜惡且極度恐怖，一九三五年發表代表作《腦髓地獄》，內容涉及精神病學、民俗學、考古學、回憶錄等，列為日本推理小說四大奇書之一。

小白

芥川龍之介｜あくたがわ りゅうのすけ

套索大概是在此時投了出去吧！小白耳中傳來小黑淒厲的哀嚎。但牠並沒有回頭，只顧著拔足狂奔。牠跳過水窪，踢飛石頭，擦過攔路的警戒繩，撞翻垃圾桶，頭也不回地向前逃。

一

春日午後，一隻叫小白的狗嗅著泥土，在安靜的馬路上走著。狹窄的路途兩旁是一整排抽芽的樹籬，樹籬之間零零星星地開著櫻花。小白沿著樹籬走著，彎進一條小巷。可是剛彎進去就嚇了一跳，渾身動彈不得。

這也難怪。小巷裡，十三、十四公尺遠的前方，有個身穿印半纏[1]的屠狗夫，將套索藏在身後，盯著一條黑狗。黑狗渾然不覺，還傻傻地吃著屠狗夫扔給牠的麵包。但小白不僅僅是因為屠狗夫而驚訝，若是沒見過的狗也就罷了，但如今被瞄準的是鄰居家飼養的小黑。小白和小黑感情非常要好，每天早上見面，都要互相聞聞鼻子。

黑兄！危險啊！——小白差點就叫出來了，但屠狗夫卻在這個當下，惡狠狠地瞪了小白一眼，他的眼裡迸射出恫嚇的光芒——你敢告訴

譯註｜1｜印有商號的日式短衫。

牠，我就先把你捉起來！小白嚇得魂不附體，連吼叫都忘了，不只忘了，連一刻都不敢多待，只想拔腿就跑。小白盯著屠狗夫，開始一步步往後退。待屠狗夫的身影從樹籬後消失，小白便扔下可憐的小黑，一溜煙地逃跑了。

套索大概是在此時投了出去吧！小白耳中傳來小黑淒厲的哀嚎。但牠並沒有回頭，只顧著拔足狂奔。牠跳過水窪，踢飛石頭，擦過攔路的警戒繩，撞翻垃圾桶，頭也不回地向前逃。看哪！牠衝下坡了！唉呀！差點被汽車碾到了！看來小白為了活命，已經顧不得那麼多了。不，那是因為小黑的慘叫就像牛虻聲嗡嗡作響，在牠耳邊縈繞不去。

「嗷！嗷！救命！嗷！嗷！救命！」

二

小白氣喘噓噓地，好不容易回到主人家。鑽過黑色圍牆下的狗洞，繞過倉庫，就是狗屋所在的後院。小白彷彿化作一陣風，竄進了後院的草坪。只要逃到這裡，就不必擔心被套索抓住了。青翠的草地上，小姐和少爺正好在玩投球。見到這一幕的小白，該有多麼高興啊？小白搖著尾巴，一躍飛奔上前。

「小姐！少爺！我今天遇到屠狗夫了！」

小白抬頭望著兩人一口氣說完。（小姐與少爺聽不懂狗語，只覺得那是汪汪聲。）但今天不曉得怎麼了，小姐與少爺竟然愣住了，連小白的頭也不摸一下。小白覺得奇怪，又向兩人說了一次。

「小姐！妳知道屠狗夫嗎？他們是壞人。少爺！我雖然逃過一劫，可是隔壁的黑兒卻被捉住了。」

然而小姐和少爺還是面面相覷。這就算了，兩人過了一會兒還冒出莫名其妙的對話。

「春夫，這是哪來的狗呀？」

「對呀，姊姊，這是哪來的狗啊？」

哪來的狗？這下換小白愣住了。（小白完全聽得懂小姐和少爺在說什麼。我們聽不懂狗語，也以為狗兒聽不懂人話，其實不然。狗能學習才藝，就是因為聽得懂我們的語言。但我們卻不懂狗語，所以狗兒教我們的技能，諸如在黑夜裡認路、聞出微弱的氣味等等，我們一概學不會。）

「什麼叫這是哪裡的狗呀？是我呀！我是小白呀！」

但小姐仍然嫌惡地看著牠。

「是隔壁小黑的兄弟吧？」

「應該是小黑的兄弟吧！」少爺玩著球棒，若有所思地回答。

「畢竟牠全身上下烏漆抹黑的嘛！」

小白突然感到背上的寒毛都豎了起來。烏漆抹黑！這怎麼可能呢！小白從小就像牛奶那麼潔白。可是如今一看前腳，不，不只是前腳，就連胸口、肚子、後腳，還有細長優雅的尾巴，全都像燒焦的鍋底一樣烏漆抹黑。黑的！我是黑的！小白發了瘋似地亂蹦亂跳，拚了命地吼叫。

「哇，怎麼辦？春夫，這一定是一條瘋狗。」

小姐嚇得一動也不敢動，甚至發出嗚咽聲，但少爺並不害怕。他掄起球棒，立刻朝小白的左肩砸下，接著棒子又朝小白的腦袋飛來。小白迅速從球棒底下鑽過，朝原本過來的方向逃跑。但這次牠不像剛才一樣，一跑就是一、兩百公尺。草坪盡頭、棕櫚樹蔭下，有一座漆成奶油色的狗屋。小白跑到狗屋前，回頭望著小主人們。

「小姐！少爺！我是小白呀！就算變得再黑，我還是小白呀！」

小白的聲音因為悲傷與憤怒而顫抖，可是小姐和少爺根本不懂小白的心情。小姐甚至厭惡地跺腳：「那隻不要臉的野狗又在那裡亂叫了。」就連少爺也——他拾起了小徑上的石頭，用力朝小白扔去。

「畜生！還不快滾！好啊，我看你跑不跑！」石頭不斷朝小白飛來，有的打中了小白的耳根，血滲了出來。小白只好夾著尾巴，鑽出黑色圍牆。黑牆外，春天的陽光下，一隻渾身銀粉的紋白蝶，正無憂無慮地翩翩飛舞。

「唉，從今以後我就成了無家可歸的野狗了嗎？」

小白嘆了口氣，在電線杆下呆呆地盯了天空好一會兒。

三

小白被小姐與少爺趕出家門後，在東京漫無目的地遊蕩。可是不論到哪，一身烏漆抹黑的模樣總是令牠耿耿於懷。小白害怕理髮廳裡讓客人照臉的鏡子，害怕馬路上倒映雨後藍天的水窪，害怕映照出路樹嫩葉的櫥窗，就連咖啡館桌上斟滿黑啤酒的玻璃杯都害怕——可是那又能怎樣呢？

看看那輛汽車吧，對！就是停在公園外、黑色烤漆的大轎車，光滑明亮的車身彷彿一面清晰的鏡子，映出朝這裡走來的小白身影。照出小白模樣的東西就如同這輛等待乘客的車子，無所不在。小白若是瞥見了自己的模樣，該有多麼害怕啊！看看小白的臉，牠痛苦地嗷了一聲，立刻衝進了公園裡。

公園中，微風輕拂著懸鈴木的嫩葉。小白低著頭，在樹叢間走著。幸好這裡除了池塘，再也沒有其他東西能映照出牠的身影。連聲音都只剩下在白玫瑰前群聚的蜜蜂振翅聲。小白在公園靜謐的氣氛下，暫時忘卻了變成一隻醜陋黑狗的悲傷。

但這樣的幸福甚至連五分鐘都無法持續。就在小白做夢似地來到有長椅的小徑旁時，小徑的轉角傳來了尖銳的狗叫聲：「嗷、嗷，救命！嗷、嗷，救命！」

小白不禁渾身發抖。這哀嚎令小白心中，清楚地再次浮現小黑可怕的結局。小白想閉著眼睛，朝原本的方向逃跑。但就在這一瞬，短短的剎那之間，小白發出了凶猛的低嚎，咬牙回頭。

「嗷、嗷，救命！嗷、嗷，救命！」

那哀嚎聽在小白耳中，彷彿在譏諷牠。

「嗷、嗷，別當膽小鬼！嗷、嗷，別當膽小鬼！」

小白低下頭，立刻朝聲音的方向奔去。

當牠跑過去一看，眼前出現的並不是屠狗夫，而是兩三個放學回家，穿著西式服裝的小孩。他們拖著一隻脖子套著繩索的棕色小狗，吵吵鬧鬧個不停。小狗拚命掙扎，不斷喊著：「救救我！」但孩子們卻充耳不聞，不但哈哈大笑，還用皮鞋踢小狗的肚子。

小白毫不猶豫地對孩子們咆哮起來。被這突如其來地一吼，孩子們嚇破了膽。小白凶狠的模樣——包括怒火般熊熊燃燒的眼神、利刃般露出的尖牙，都像要撲上去咬住他們。孩子們嚇得四處亂竄，有的還狼狽地鑽進路旁的花叢。小白追了一、二十公尺後，迅速朝小狗回頭，充滿威嚴地對牠說：

「跟我一起走吧！我護送你回家。」

小白直直奔入來時穿過的樹叢，棕色小狗也開開心心地鑽過長椅，踢落玫瑰花，緊追著小白。牠的脖子上還拖著長長的繩子。

兩、三個小時後，小白與小狗在一間老舊的咖啡館前停了下來。白天也很昏暗的咖啡館裡燈火通明，音色模糊的留聲機播著浪花小調一類的曲子。小狗洋洋得意地搖著尾巴，對小白說：

「我就住在這裡，住在這間叫大正軒的咖啡館裡。叔叔你住哪呢？」

「你問叔叔嗎？叔叔住在非常遙遠的鎮上。」

小白落寞地嘆了口氣。

「那叔叔也該回家了。」

「等一下，叔叔，你的主人會很嚴格嗎？」

「主人？為什麼這麼問呢？」

「如果叔叔的主人不嚴格，那今晚就住我這兒吧！我想請媽媽好好答謝叔叔的救命之恩。我家有牛奶、咖哩飯、牛排，很多好吃的東西唷！」

「乖孩子，謝啦！但叔叔還有事，下次再請叔叔吃飯吧。幫我向你母親問好。」

小白望了望天色，靜靜地沿著石磚路走去。天空裡，皎潔的新月從咖啡館的屋簷隱隱探出頭。

「叔叔，叔叔！叔叔等等啊！」

小狗傷心地哼著鼻子。

「可以告訴我你的名字嗎？我叫拿破崙，但是大家也叫我小拿或阿崙。叔叔叫什麼名字呢？」

「叔叔叫小白。」

「小白？叫小白好奇怪唷！叔叔全身都烏漆抹黑的呀！」

小白心裡非常難過。
「總之我就叫小白。」
「那我就叫你白叔叔囉。白叔叔，近期一定要再來我家玩唷！」
「那阿崙，再見囉！」
「白叔叔保重！叔叔再見！再見！」

四

自那以後，小白怎麼樣了呢？其實倒也不必娓娓道來，因為已經有各式各樣的報導了。大家都知道，有一條英勇的黑犬見義勇為，屢次救人性命，還有一部叫《義犬》的電影風靡一時。這些報導與電影中的黑狗，講的正是小白。若不巧有人還不知道，就讀一讀以下摘錄的新聞報導吧！

《東京日日新聞》：昨日（五月十八日）上午八點四十分，奧羽線上特快車通過田端車站附近的平交道時，因平交道管理員的疏失，田端一二三公司職員柴山鐵太郎四歲的長子實彥，闖入列車行經的鐵軌，險些遭火車碾斃。幸虧一條魁梧的黑狗如閃電般即時衝入平交道，從駛到眼前的火車車輪底下，千鈞一髮地救下實彥。這條勇敢的黑狗在群眾吵嚷之際，消失了蹤影。鐵路局因無法加以表揚，感到萬分遺憾。

《東京朝日新聞》：美國富翁愛德華・巴克雷的夫人，豢有一隻心愛的波斯貓。日前她帶著愛貓到自家位於輕井澤的別墅避暑，附近竟竄出一條長七尺餘的大莽蛇，打算將在陽台的貓兒一口吞下。當時一條黑犬路見不平，突然衝上來拯救波斯貓，經過二十分鐘的纏鬥後，終於將大莽蛇咬死。因這條英勇的黑犬不知所蹤，夫人祭出了五千美元的獎金，尋覓黑犬的下落。

《國民新聞》：三名第一高等中學的學生，於八月七日攀登日本阿爾卑斯山時一度失蹤，之後又平安抵達上高地溫泉。他們在穗高山與槍岳之間迷路，遭遇連日的暴風雨，失去帳棚與糧食，幾乎已喪失求生意志。然而正當一行人於溪谷間徘徊、走投無路時，不知從哪冒出一條黑犬，走在前頭為他們領路。一行人跟在黑犬身後，跋涉了一天多，終於抵達上高地。據學生們轉述，那條黑狗一望見山下溫泉旅館的屋頂，便高興地叫了一聲，沿著來路消失到熊竹林裡。三名學生相信那條狗是神明派來保護他們的使者。

《時事新報》：九月十三日，名古屋市發生大火，造成十多人罹難，名古屋市長橫山先生也差點痛失愛子。因家人疏忽，市長三歲的公子武矩被遺留在烈焰沖天的二樓，險些化為灰燼，幸虧一條黑狗將他叼出火場。市長從此下令名古屋市內，禁止撲殺野狗。

《讀賣新聞》：宮城巡迴動物園於小田原町城內公園展出，吸引大量遊客連日參觀。園內一隻西伯利亞大狼，於十月二十五日下午兩點時許，突然衝破堅固的獸籠，咬傷兩名守衛，朝箱根方向逃竄。小田原警政署為此緊急動員，於全鎮布下警戒線。下午四點半左右，大狼於十字町現身，與一隻黑狗互相撕咬起來，黑狗歷經一番惡戰，終於將大狼搏倒。值勤巡警隨即趕上，將狼當場射殺。據了解，這條狼的品種是魯普斯・吉甘迪克斯，屬狼中最凶猛的一種。宮城動物園園主認為射殺大狼不當，決定對小田原警政署長提出控訴……

五

一個秋天深夜，身心俱疲的小白回到了主人家。當然，小姐與少爺都已經入睡了。不，家裡根本沒人醒著。寂靜的院子草坪上，只有一輪明月高掛在棕櫚樹梢。小白的身體被露水沾濕了，牠來到從前的狗屋前趴著休息，對寂寥的月色自言自語起來。

「月亮啊！月亮！我曾對黑兄見死不救，身體變得烏漆抹黑，多半也是老天給我的報應。但自從我離開了小姐與少爺，反倒戰勝了種種險境。其實，這是因為每當我看見這身比煤炭還焦黑的身體，就對自己的懦弱感到可恥，我厭惡這身烏漆抹黑的毛色，想毀了自己——所以我才故意往火裡跳，才與狼纏鬥。奇怪的是，不論再兇狠的敵人，都奪不走我的生命。就連死神一看我的臉都逃之夭夭。我實在太痛苦了，所以決定尋死。可是在尋死前，我想再看一眼曾經疼愛我的主人們。我知道小姐和少爺見到我，一定又會以為我是野狗，或許少爺還會將我亂棒打死，即使如此，我也甘之如飴。月亮啊！月亮！我除了見主人們一面，別無所求。我就是為此千里迢迢又回到這裡。請您讓我在黎明時分，就見到小姐和少爺吧！」

小白自言自語後，下巴靠向草坪，不知不覺進入了夢鄉。

「天啊！春夫！」

「怎麼了嗎，姊姊？」

小白聽見小主人們的聲音，突然驚醒，睜開眼睛。一看，小姐與少爺就站在狗屋前，不可置信地望著彼此。小白一度抬起眼來，隨即又垂下目光盯著草坪。小姐和少爺看見小白變得烏漆抹黑時，也跟現在一樣那麼驚訝。一想到當時有多心碎，小白甚至後悔自己為什麼現在要回到這裡。就在此時，少爺突然跳了起來，大聲喊道：

「爸爸！媽媽！小白回來了！」

小白！小白不由自主地跳了起來。小姐大概以為牠要逃跑，伸出雙手將小白的脖子緊緊按住，小白同時抬起頭來，深深凝望小姐的雙眼。小姐烏黑的眼眸中，清楚映照著狗屋——毋庸置疑，那是一幢在高聳棕櫚樹蔭下的狗屋。而且狗屋前，還坐著一隻像米粒一樣嬌小的白狗，潔淨而優雅。小白望著白狗的身影，不禁出了神。

「唉呀！小白哭了啦！」

小姐把小白抱得緊緊的，抬頭望向少爺。少爺——各位瞧瞧，少爺就是愛欺負人！

「哈哈，姊姊還不是哭得淅哩嘩啦？」

◎作者簡介

芥川龍之介・あくたがわりゅうのすけ

一八九二—一九二七

小說家，號澄江堂主人，俳號我鬼。一八九二年出生於東京，東京帝國大學英文系畢業。大學在學期間創作短篇小說〈鼻子〉獲夏目漱石讚賞，隔年一九一七年發表第一本創作集《羅生門》，正式踏入文壇。初期文風兼受古典文學《今昔物語集》和西歐自然主義影響，發表〈地獄變〉、〈枯野抄〉等確立大正文壇代表作家地位。其後因飽受健康與精神疾病之苦，文風轉為懷疑、厭世，帶有晦暗的自傳性成份，發表〈竹藪中〉、〈河童〉等晚年代表作。一九二七年七月二十四日，於自宅飲過量安眠藥自殺。

輯二　狗的奇妙物語

西班牙犬之家

佐藤春夫｜さとう はるお

這條西班牙犬以牠的品種而言體型偏大，該品種獨特的蓬鬆大尾巴捲起來立在臀部上，顯得雄壯威武。不過從毛的光澤與臉部表情來看，對狗兒略懂的我，推算這應該是條老狗。我向牠靠近，摸摸牠的頭表達敬意，向這位臨時屋主打招呼。

弗拉德（狗名）突然衝了出去，在馬蹄鋪旁轉彎的岔路等我。這條狗非常聰穎，是我多年來的摯友，我相信他比妻子及大多數人類都冰雪聰明。每次散步，我都帶著弗拉德，有時牠會拉著我到從未去過的地方。這幾日散步，我索性不想目的地，任由弗拉德帶我前進。馬蹄鋪旁的岔路我一次也沒去過。好，今天就讓狗狗帶路，到那裡走走吧！我拐進去，那是一條細細長長的斜坡小徑，不時蜿蜒扭曲。我隨弗拉德沿那條小徑走著，不看風景、也不想事情，放空腦袋神遊，不時仰望天上的雲。忽然發現路旁的花草便把花摘下，放在鼻子前聞一聞。我不知道那是什麼花，但聞起來教人心曠神怡。我邊走邊用手指滴溜溜地轉著小花，弗拉德突然發現，停了下來，歪著脖子深深望著我的眼眸。那是渴望的眼神。我把花扔給他，狗狗嗅了一下落在地面的花，盯著它，彷彿在說：「什麼啊！原來不是餅乾。」接著又往前衝。就這樣，我與弗拉德走了將近兩個鐘頭。

走著走著，似乎到了一處高地。這裡風景很好，有一大片遼闊的農田，農田下的遠方，一座不知是哪的城鎮，在雲霞間若隱若現。我望了那裡一會兒，確實是一座城鎮。可是那個方向、又有這麼多房子，究竟是什麼地方？我覺得有些困惑，但我對這一帶的地理向來不熟悉，不知道也難免。這就暫且不管了，我往後仔細一看，發現有一大片雜木林，林子生在極緩的坡上，愈往遠方地勢愈低，而且看起來非常深。時間剛過正午，春天溫柔的陽光灑落在成排不粗不細的樹幹半面，如煙如霧地自榆樹、橡樹、白樺剛萌芽的嫩葉間流淌下來，樹幹、地面、背陽與向陽處的光影，美得目不暇給、難以言喻。我想走進這片雜木裡。林子裡的草並不高，不需撥開也能通行，令人想一探究竟。

摯友弗拉德看來與我的想法一致，牠高興地往林子衝進去，我則跟在牠身後。大約前進了一百公尺時，狗兒走路的方式、步伐突然變了。牠不再像剛才那樣優閒漫步，而是細碎快速地擺動四肢，把鼻子往前伸。這一定是發現了什麼。是兔子的腳印嗎？還是草裡有鳥巢呢？牠匆忙地來來回回，彷彿發現了正確的路，筆直前進起來。我有些好奇地追在牠身後，一人一狗不時嚇到樹梢上似乎在交配的野鳥。快步走了三十分鐘，狗狗突然停下來，同時我彷彿聽見潺潺流水聲（這一帶有很多湧泉）。狗狗的耳朵激烈擺動，折返了四、五公尺，這次牠左轉邁開了步伐。這片樹林比想像還深，令我有些驚訝。我從不知道原來這個地方有那麼大的雜木林，照這個規模，這片樹林或許有兩、三百平方公里。不論是狗狗的模樣，還是綿延無盡的森林，都充分勾起我的好奇心。就這麼又走了二、三十分鐘，狗再度停住。牠「汪、汪！」短叫了兩聲，我才注意到眼前有一棟剛才都沒發現的屋子。樹林裡竟然有這樣一棟孤伶伶的房子，除非是木炭工小屋，否則還真有點古怪。

從外面看來，這棟屋子並沒有院落，而是突兀地叢生在樹林裡。「叢生在樹林裡」這樣的形容再貼切不過，因為剛才我也說了，我是在它出現於眼前才發現它的，從遠方不太可能看得見。就地勢與位置來看，即使距離不遠，恐怕也很難觀察到這棟房子。我湊近一瞧，發現它並沒那麼古怪。唯有一點，屋頂雖然是茅草蓋的，某處卻與普通百姓家不同——窗戶全是玻璃，結構是西式的。我從這裡找不到入口，所以我們應該是面對這棟屋子的背面或側面。藤蔓從角落延伸，爬滿左右兩面牆各半，成為這棟屋子別有一番風情的裝飾，除此之外房子極為樸素，就是一間在這樣的樹林會有的尋常屋舍。剛開始我以為它是這片樹林管理員的小屋，但那又有些太大了。而且這片林子應該也沒必要特地蓋一間屋子來看守。思及此，我否定了剛開始的想法，決定先進屋瞧瞧。就說我在森林裡迷路了，想討一杯茶配帶來的便當填飽肚子——我心裡盤算著，朝應該是房屋正門的方向走去。這時，方才因注意力集中在視線上而忽略的聽覺靈敏起來——附近有溪流。剛才聽到的潺潺水聲，應該就在這一帶。

我繞到正面一看，那裡依然對著一片樹林。不過倒是有個奇特的景觀，這棟屋子的入口，蓋了四層比整棟房屋豪華氣派許多的大石階。而且不知為什麼，石階比屋子其他地方都老舊，長滿了青苔。房屋正面、朝南的窗子底下，一排紅色小玫瑰沿牆壁傲然綻放，感覺一年四季都會開花。不只如此，玫瑰花叢底下，還汩汩湧出緞帶般的流水，在陽光下閃閃發亮。水怎麼看都像從屋裡湧出來的。我的手下弗拉德津津有味、忘我地喝著這些水。我只瞥了一下，這一幕便深深烙印在眼中。

我悄悄登上石階。與靜謐的四周相對，足音響亮得劃破了寂靜。「難不成來到世外高人還是魔法師的家了？」我調侃自己。我看向我的狗，牠還是與往日一樣，伸著紅通通的舌頭，搖著尾巴。

我像洋人一樣叩叩叩地敲響西式的門。裡面沒任何動靜，我只好又敲一遍，但屋裡還是沒傳來任何回應。這次我決定用喊的，看是否有人來迎接，可是依舊靜悄悄的。主人出門了嗎？或者這是一座空屋？想著想著，我心裡愈來愈毛。於是，我躡手躡腳地——我也不曉得為什麼要這麼做——來到種玫瑰花的窗前，踮起腳張望屋內。

窗上有一席華麗高貴、與房屋外觀極不相稱的絳紫色厚窗簾，上頭遍布著藍色線條，窗簾只有半掩，所以我看得見屋內。屋裡中央有個用石頭雕刻的大水盤，高度離地約兩尺，水不斷從盤子正中央湧現，自水盤邊緣溢出。水盤裡生了青苔，附近的地板——當然也是石頭——看起來有些潮濕。事後我仔細一想，那些溢出的水，應該就是從玫瑰叢裡像蛇一樣發著光竄出來的水流。這個水盤令我有些驚訝，雖然剛才我就發現這是一棟帶點異國情調的屋子，但想不到還有這種神奇機關。好奇心驅使我隔著窗子更仔細觀察屋內。地板也是石頭，雖然不知是哪種石頭，但蒼白石磚被水濡濕的部分呈現出的是漂亮的藍色。石磚保留了樸質自然的切面，排列在一起。離門口最遠的牆上有一座石頭打造的壁爐，右邊有三層架子，或疊或排地擺滿像盤子一樣的東西。在它的反方向——我偷看的三扇朝南窗口中，位在最角落的一扇——底下有張很大的原木桌，桌上……我好奇桌上擺了什麼，把臉湊上去，可是不論怎麼湊都被玻璃擋住看不到。等等，這絕對不是空屋，而且剛才還有人在。因為那扇大窗的角落，正冉冉飄著一縷從菸蒂冒出的煙，煙筆直地升了約兩尺高，接著一個搖晃，往上逐漸散去。

我盯著那縷煙——剛才腦袋被意外填滿了，這才想起我也有帶菸，於是我自己也掏了一根點燃。這下我愈來愈按捺不住好奇心，想進屋一探究竟了。我凝神思考了一會兒，下定決心。我要進屋裡看看。即便主人不在家，我也要進去，若主人回來，我就一五一十把原委告訴他。既然屋主過著世外高人般的生活，我這麼說，他一定能懂，說不定還會歡迎我。剛才一直被我嫌累贅的畫具箱，也能當起證人，證明我不是小偷。我自顧自地盤算著，打定了主意，接著再度登上門口石階。為保險起見我先打了聲招呼，接著打開門——門上並沒有掛著鎖。

然而我才一進去，就後退了兩、三步。因為靠近入口的窗子向陽處，有一隻純黑的西班牙犬。牠的下巴靠在地板上，身子蜷成一團在打盹，一見到我進來，便狡猾地悄悄睜開眼皮，緩緩站了起來。

我的狗兒弗拉德撞見這一幕，發出低吼，朝那條狗前進。兩條狗互相低吠了一陣，但這條西班牙犬似乎頗為友善，雙方嗅了嗅鼻頭，西班牙犬便搖起尾巴，而我的狗也跟著搖尾巴。接著西班牙犬將身子倒回原本的地上，我的狗也立刻跑到牠身旁躺下來。素未謀面且同性的狗兒能像這樣和解，實屬難得。這固然是因為我的狗溫和乖巧，但主要還是西班牙犬寬大為懷，值得敬佩。我安心地走進屋內。這條西班牙犬以牠的品種而言體型偏大，該品種獨特的蓬鬆大尾巴捲起來立在臀部上，顯得雄壯威武。不過從毛的光澤與臉部表情來看，對狗兒略懂的我，推算這應該是條老狗。我向牠靠近，摸摸牠的頭表達敬意，向這位臨時屋主打招呼。關於狗的習性，就經驗而言，我相信只要不是被人類虐待的野狗，凡是孤伶伶的狗，都喜歡親近人類，即便是陌生臉孔，只要來人親切友善，就絕不會攻擊他。而且狗兒們出於本能，能立刻分辨一個人愛狗或喜歡欺負狗。我的想法果真沒錯，西班牙犬開開心心地舔了我的手掌。

不過，這間屋子的主人到底是誰呢？去哪裡了？會馬上回來嗎？進屋一看，我反倒心虛起來。但既來之則安之，我便在石製大水盤前站了一會兒。水盤跟從窗外看到的一樣，高度只到我的膝蓋，邊緣厚約兩吋，盤裡有細細的溝朝三方向延伸，多出的水便匯聚到溝裡，再流到水盤外溢出來。原來還能運用這種造型來引水，這戶人家一定是把這當作日常飲用水，而不是普通的裝飾。

整座屋子只有這麼一個房間，應該是有某種用途的。椅子共有一、二、三張，一張在水盤旁，一張在壁爐前，另一張面對桌子。每一張的結構都只能坐，沒有扶手。看著看著，我的膽子漸漸大了起來。回過神，才發現時鐘每分每秒都像這間靜謐房屋的脈搏一樣發出聲音。鐘在哪呢？深褐色的牆壁上哪也找不到。啊！有了！那張大桌子上擺了一座鐘。我微微繞過現在相當於這棟房子屋主的西班牙犬，走向桌子。

桌子角落果然如我從窗外看到的，放著一根現在已經燒完、化成灰的香菸。

鐘盤上有一幅畫以及玩具似的機關，與這間半野蠻的屋子形成對比。盤面上描繪著一位貴婦人與一名紳士，以及另一個男人，男人每一秒就擦一次紳士左腳的皮鞋。蠢歸蠢，這畫面卻很有意思。貴婦人身著腰後有拉繩、抓滿皺折的蓬蓬裙，裙擺拖到地上，紳士頭戴黑禮帽，蓄著落腮鬍，這在不知外國習俗的我眼中，幾乎是半世紀前的古董了。還有可憐的擦鞋匠，他在這幢寂靜屋子裡的另一個小小世界，晝夜不休地擦著同一隻鞋子。看著那連續單調的動作，我的肩膀都跟著痠痛了。時鐘顯示的時間是一點十五分——似乎慢了一小時。桌上堆了五、六十本滿是灰塵的書，另外還有零散的四、五本。每一本都是大開本，像是畫冊，又像是建築作品集或地圖集。一瞥書名，似乎是德文，我看不懂。牆上有一幅原色印刷的複製畫，主題是大海，我好像見過這幅畫，看這個用色，應該是惠斯勒[1]

譯註｜1｜James McNeill Whistler（1834 － 1903），美國印象派畫家。

吧……我贊成這幅畫掛在這裡。人住在荒僻的深山中，若不看畫，豈不是會忘了世界上還有海洋？

我想回去了，打算改日再來拜訪這間屋子的主人。但我對於趁無人時擅自闖進來，又趁人不在時離開總有點介意，心想不如乾脆等主人回來。我望著從水盤中湧現的水，點了一根菸，凝視著水流好一會兒。在我專注看水時，好像隱隱約約聽見了音樂。我聽得出神，難道音樂是從這不斷冒出的水底響起的？畢竟這間房子那麼不可思議，屋主肯定是個怪人。等等，這該不會是《李伯大夢[2]》吧？會不會一回家，妻子已經變成了老太婆？會不會我一出這林子，向居民問：「K村在哪個方向？」居民就會告訴我：「啊？這附近沒有K村呀！」一想到這，我心裡愈來愈不對勁，巴不得立刻衝回家看看。我走向門口，用口哨呼喚弗拉德。剛才似乎一直在關注我一舉一動的西班牙犬，目不轉睛地目送我離去。我很害怕。這條狗該不會裝得柔順乖巧，先讓我放下戒心，再趁我離開

譯註｜2｜19世紀美國小說家華盛頓・歐文所寫的短篇小說。故事描述一位荷蘭裔美國村民李伯在山裡睡著，二十年後醒來，發現小鎮已經人事全非了。

時從後面撲上來咬一口吧？我戒備著西班牙犬，一等弗拉德出來就趕緊關上門衝出去。

但離開前我還想再看一眼屋裡的模樣。我踮起腳尖從窗戶探頭，那條黝黑的西班牙犬慢吞吞地站了起來，不知是不是發現了我還在所以走向大桌子，我彷彿聽見牠用人類的語言說：「真是的，今天被一個怪人嚇了一跳。」我愣了一下，以為那是狗在打呵欠，但就在一眨眼間，牠突然變成一名年約五十、戴著眼鏡、身穿黑服的中年人，靠到大桌子前的椅子上，悠悠然將尚未點燃的香菸啣進口中，打開一本大書，一頁頁翻著。

那是一個溫暖和煦的春日午後，在靜謐的深山雜木林裡。

◎作者簡介

佐藤春夫・さとう はるお

一八九二－一九六四

大正、昭和時期小說家、詩人。明治二十五年四月九日出生於日本和歌山縣新宮町。師事生田長江、與謝野鐵幹等文學大家，一九一七年發表實驗性小說處女作〈西班牙犬之家〉備受文壇注目，隔年發表的〈田園的憂鬱〉以嶄新纖細的文風一舉站上大正文學金字塔，一九二一年出版《殉情詩集》成為大正時期抒情詩集代表作。創作領域自詩歌、小說擴及戲曲、童話和評論等，文名甚至超越了芥川龍之介、谷崎潤一郎等文學大家，一九六〇年獲頒日本文化勳章。

犬

正岡子規｜まさおか しき

牠在廊下不眠不休，祈求了七天七夜。結願當晚，狗夢到一尊小小的阿彌陀佛站在牠枕畔，說：「皈依佛門的功德將實現汝之夙願，勤勉念佛，如是畜生亦能發菩提心，善哉善哉。」

讓我長話短說吧！很久很久以前，在天竺有個叫閼伽衛奴的國家，那兒的國王人稱和奴和奴王，國王與國民都愛狗成癡。某天，國內發生了一起駭人的事件——有個男人殺了國王的愛犬。犯下大罪的男人不但被判處死刑，下一世還得到一座叫日本的荒涼小島，投胎到寒冷的信州當狗。

信州四面環山，糧食匱乏，這條狗只能淪落到姨捨山去，啃食被棄養在山中的老嫗苟且偷生。當牠吃下第八十八位老嫗時，見到傍晚第一顆星星的光芒，突然頓悟了，牠驚覺身為一條狗卻吃人，是多麼深重的罪孽，於是馬不停蹄趕往善光寺。

牠一一細數至今犯下的罪孽並懺悔，祈禱佛祖讓牠轉世為人。牠在廊下不眠不休，祈求了七天七夜。結願當晚，狗夢到一尊小小的阿彌陀佛站在牠枕畔，說：「皈依佛門的功德將實現汝之夙願，勤勉念佛，如是畜生亦能發菩提心，善哉善哉。」

狗得到佛陀啟示後，決定走訪全國各地的寺院，一是為被牠吃下的老嫗祈福，二是替自己來世投胎為人的大願禱告。走到最後，牠來到四國，這裡有八十八座寺廟，只要參拜一座，就能抵去吃一個人的罪過，參拜兩座，就能抵去吃兩個人的罪過。

牠唸誦著「南無大師遍照金剛」四處奔走，無一遺漏地走遍八十七座寺廟，剩下最後一座時，終於體力不支倒在寺院門前。牠心有不甘、氣喘噓噓地抬頭一看，眼前佇立著一尊沒有鼻子的地藏菩薩。牠向地藏菩薩禱告：「求您在六道輪迴的岔路口上，為我立下路標，指引我通往人界。待此願望實現轉生為人後，我定為地藏菩薩繫上紅色的唐縮緬圍巾報答恩惠。」

地藏菩薩聽見了狗的心願，答應為牠實現。一聽願望能實現，狗欣喜若狂，嗥叫了三聲轉了幾圈便死去了。沒多久，不知從哪兒冒出八十八隻烏鴉，聚在狗身旁，將牠的頭顱與身軀啄食得面目全非。路過的行腳僧於心不忍，就把狗的屍首埋了。

地藏菩薩見狀，感慨地說道：「那八十八隻烏鴉就是八十八位老嫗的冤魂，是來尋仇的。若暴屍荒野，任由其啄食，便能消去過去罪孽，掃除未來障礙。如今埋了牠看似慈悲，實則非也，但這也是因果報應啊。如此即便下一世轉生為人，也會病痛纏身、一生困頓，無法如常人生活……」

我想這條狗，就是我的上輩子吧！因為我的腳完全站不起來，只能如狗一般爬行度日。

◎作者簡介

正岡子規・まさおかしき

一八六七－一九〇二

俳人、歌人，明治時期文學宗匠，本名常規，別號獺祭書屋主人、竹乃里人等。一八六七年出生於愛媛縣，東京大學國文科肄業，在學期間開始研究俳句，後因染上結核病，決意以「杜鵑啼血」為自己命名，改號為「子規」。大學中輟後以記者身分任職報社，並將報紙做為文藝活動據點，一八九三年開始連載〈獺祭書屋俳話〉，對以松尾芭蕉為代表的傳統俳句提出批判，揭開俳句革新運動序幕。此外，他也是個棒球愛好者，不僅曾於棒球草創期擔任捕手，並多次以棒球為題材發表俳句、短歌和隨筆，致力於棒球在日本的推廣。

龍宮犬

宮原晃一郎｜みやはら こういちろう

「唉呀！天人的東西，凡人怎麼識貨呢？這匹布留在身邊也沒用，不如獻給海底的龍宮。」老爺爺說著，便將天羽衣拋入汪洋大海，回到家中，鑽入被窩裡睡著了。不一會兒，門外傳來繫鈴鐺的馬匹聲，老爺爺才剛發現聲音停在門口，不知是誰就咚咚咚地敲起門來。

有一座偏僻的村莊，村裡住著一對貧窮的老夫妻。因為沒有菜園與稻田可以自給自足，老爺爺只好賣起牙籤、牙膏與肥皂，賺取微薄的生活費，老奶奶也幫人洗衣、縫補，兩人過著清苦的生活。

一年深秋，楓葉染上了漂亮的紅色，柿子也熟得通紅。寒風蕭瑟的傍晚，老爺爺做完生意回家，遇到一群人聚在一起，不曉得在大聲嚷嚷些什麼。老爺爺好奇，湊上前一看，原來是一隻年邁的母鶴因為翅膀受重傷而摔落在地。圍觀的人們想抓那隻鶴，卻又一個個堅持是自己先發現的，嚷著該由自己捉回去，爭論不休下便吵了起來。老爺爺是個菩薩心腸的人，見母鶴可憐，於心不忍，於是撥開人群，站在前頭說。

「好了好了，諸位且聽老朽一言。傳說鶴能活千年，代表這隻鶴還有很長的壽命。若你們抓牠、把牠吃掉，不過是滿足一時的口腹之欲，吃完什麼也沒有。若賣掉牠，也賺不了幾個錢，買家仍會宰了牠果腹。與其殺生，不如放生救牠，那才是真正的功德一件。諸位就把這隻鶴賣給老朽吧！老朽雖不富有，但今天賺的錢可以統統給你們，每一位發現這隻鶴的人都能向我討，所以拜託大家行行好，就把鶴讓給老朽吧！若嫌錢不夠，請等老朽到明天傍晚，老朽再取錢來。」

在老爺爺的苦口婆心下，眾人總算答應將鶴賣給老爺爺。

「太好了，太好了。」老爺爺感到很欣慰，高高興興地把鶴帶回家了。

「老伴啊，我回來了。今天我分文未賺，卻帶了一個幾百兩都買不到的禮物回家。妳猜猜是什麼？」

老爺爺說道，故意不打開裝了鶴的布包。

「是什麼呀？」老奶奶微歪著頭。「我實在猜不著。」

「妳看，是一隻鶴。」

老爺爺從布包裡，將翅膀受傷、搖搖晃晃的鶴放了出來。鶴看起來嚇了一跳，神色慌亂地環顧四周。

老奶奶不由自主地啊了一聲。

「唉呀，老伴啊，你是不是老糊塗啦？怎麼會帶一隻鶴回來呢？」

老爺爺笑眯眯地說：「我沒糊塗，這是有原因的。」老爺爺將如何救下這隻鶴的來龍去脈，全都一五一十告訴了老奶奶。老奶奶也是個菩薩心腸的人，覺得心疼，傍晚就將夫妻倆要喝的粥分給了鶴，讓牠在家中安頓下來。

鶴靜養了一個多月，受傷的翅膀完全康復了，能自由飛翔。一天，老爺爺與老奶奶對鶴說：

「妳的身子已經痊癒了，隨時都能離開，飛去妳想去的地方。我們這麼說，絕不是要趕妳走，妳若想留在這裡，待多久都沒問題，全憑妳自己決定。」

鶴屢屢低下頭來，淚水從眼眶滑落，但牠還是哀哀啼叫，拍動翅膀，飛向天空。牠依依不捨地在屋頂盤旋了幾圈，接著便飛得不知所蹤了。

日子過得好快，轉眼間，鶴離開已經一個月了。這天深夜，老爺爺與老奶奶家中響起了敲門聲，老爺爺起床開門一看，一位美若天仙、高貴優雅、年約十八、九歲的美女，手裡揣著一匹布，站在門外。她那白色珍珠般的衣服袖口，繡著一大圈黑天鵝絨似的布料，頭上繫著紅絲帶。

「老爺爺、老奶奶，好久不見。」美女懷念地說。老爺爺驚訝地問道：「咦？姑娘是哪位呀？老朽忘了在哪見過妳了，還請姑娘莫怪罪。」老爺爺連連低頭致歉。

美女微微一笑。

「您忘了嗎？啊，我知道了，一定是我變了身，難怪您認不得。我是一個月前您與老奶奶收留的鶴。您不但救我一命，還不厭其煩親切地照顧我，令我萬分感激。其實，當時我正好碰上君王狩獵，翅膀被獵鷹啄傷了，好不容易逃離那兒，降落在田埂間，又被一群年輕人發現了，險些遭他們殺害。正巧老爺爺出現救了我。我原是七夕神的織女，那天正要趕往銀河。主人因為我晚歸，心裡十分焦急，我回去後立刻將來龍去脈說給了主人聽，主人非常高興，命我織了一件天羽衣，將這份薄禮送給老爺爺與老奶奶道謝。我用心地織了這件羽衣，請您在十二月三十日的夜裡，帶著羽衣到鎮上賣，只要說這是天羽衣、鶴羽衣就行了。賣掉的錢就請您兩老收著安養天年。請務必保重身體，長命百歲。」

鶴美女說完，將天羽衣交給老爺爺便離開了。

老爺爺與老奶奶從夢中醒了過來，而鶴美女手中的布匹，確實就擺在屋內。

到了十二月三十日的夜晚，老爺爺按照鶴美女所說，帶著布匹，喊著「天羽衣、鶴羽衣」沿途叫賣。

「什麼天羽衣啊？快讓我瞧一瞧。」有人說著，湊上來觀看。可是，這匹布乍看之下，就跟普通的純白絹布沒兩樣。

「什麼啊，這只是白色的襯衣嘛，哪是什麼天羽衣啊？」那人嘲笑完老爺爺便離開了。接著又有一名女子說要看布，老爺爺將布拿給她，那女子說：「唉呀！這漂亮的布真罕見，賣多少錢？」

「賣一千兩。」

「天啊！您在說笑嗎？若是十兩，我還打算買呢……。」

那女子吃了一驚便離去了。

老爺爺就這麼沿街叫賣了一天，竟然都沒人肯買。老爺爺大失所望，行經一片海岸時，突然想到——

「唉呀！天人的東西，凡人怎麼識貨呢？這匹布留在身邊也沒用，不如獻給海底的龍宮。」老爺爺說著，便將天羽衣拋入汪洋大海，回到家中，鑽入被窩裡睡著了。不一會兒，門外傳來繫鈴鐺的馬匹聲，老爺爺才剛發現聲音停在門口，不知是誰就咚咚咚地敲起門來。

「敲門的是哪位呀？」老爺爺揉著惺忪的睡眼問道。

「敢問這裡是慈悲為懷的正助老先生家嗎？」

「這是老朽家沒錯，您哪裡找呀？」

「請您把門打開一會兒，打開自然就知道了。」

老奶奶也被馬聲吵醒了。她起床開了門，大吃一驚，不由自主地啊了一聲跌坐在地。門口立著一隻巨大的海馬，身上披著綴滿金銀、珊瑚、珍珠的馬鞍，馬鞍上坐著一名頭戴魚形冠、身著魚鱗花紋寬袖和服的美女。

老奶奶嚇得目瞪口呆。「老伴啊！不得了！有妖怪來了！我嚇得腿和腰都軟了，你快過來把門關上啊！」老奶奶大聲呼喊。

老爺爺也嚇了一跳，從床上跳了起來，不料眼前竟是這副光景。但老爺爺畢竟是個男人，他鎮定自若地問道：

「這位公主，何事勞您大駕哪？您又為何要找慈悲為懷的正助呢？」

騎在海馬背上的美女回答：

「您不必害怕，也無須驚訝。我是來自龍宮的使者，龍王殿下與乙姬殿下想招待您，請您務必隨我到龍宮一趟。」

正助爺爺剛開始還有些害怕，猶豫是否該一起過去，但領路的畢竟是個弱女子，應該不會出什麼事，正助爺爺思及此，這才安下心來，隨女子一同到了海岸。海岸邊，佇立著另一頭更大的海馬，海馬背起正助爺爺，龍宮使者騎在跟前，帶領正助爺爺迅速衝進浪裡。神奇的是，正助爺爺與使者所到之處，海水全都分了開來，像被牆壁擋住一樣矗立在兩旁，與在陸上奔馳沒什麼兩樣。正助爺爺驚訝地回頭，發現身後已經被海水淹沒了，白色浪花激烈地翻騰、融合，朝岸邊一波波打去。

正當正助老爺爺心想應該騎了兩、三公里時，眼前突然出現了一座金碧輝煌的城堡。靠近一瞧，門上掛了一塊華麗的大匾額，上頭用珍珠鎔鑄了龍宮二字，邊緣嵌著紅珊瑚珠。一旁站著衛兵，他們身上同樣穿著魚鱗花紋的衣服，頭戴魚形冠。

正助爺爺穿過那扇門，進入城堡內，因為龍宮的富麗堂皇而看得目瞪口呆，好幾次險些從海馬背上摔下來。

海馬在一座玄關前停下，出來迎接的女官帶領正助爺爺來到一間氣派的宴會廳，不一會兒，龍王與乙姬便率領大批臣子駕臨了。

「正助啊。」龍王開口道。

「汝於傍晚獻予本王的天羽衣，乃本王女兒乙姬始終求之不得的珍寶，不料竟因汝的虔敬之心而獲，本王與乙姬喜出望外，無論如何都欲設宴款待汝。」

那是一席充滿山珍海味的豪華酒宴，正助爺爺高興地喝醉了，渾然不知夜已深，直到東方漸白，才終於醒來，他向龍王與乙姬告別後，乙姬命侍女拿來一個漂亮的寶盒。

「正助啊。」乙姬說道。「這寶盒中裝了一隻狗，這是你送本公主天羽衣，本公主回贈給你的謝禮。侍女會教你如何養牠，你就帶牠走吧。」

正助爺爺感激地收下寶盒，再度乘著海馬，在侍女的護送下回到岸邊。侍女告訴他：

「請您每天煮半升紅豆，熬爛了餵這條狗吃。牠吃完紅豆，夜裡就會排出半升黃金。但您絕不能餵牠超過半升，這點務必謹記。」

那條狗果真如侍女所說，吃下半升熬爛的紅豆後，在夜裡排出半升黃金，老爺爺與老奶奶也一夕致富，成了有錢人。但他們是菩薩心腸、無欲無求的大善人，便將黃金分給了附近的貧困人家，人人都說這對老夫妻是樂善好施的活菩薩。

然而，老爺爺與老奶奶家附近，住著一個出了名貪得無厭的老太婆。她聽說慈悲為懷的正助家一夕致富，便動了歪腦筋。一天，她來到正助爺爺家，問正助爺爺為什麼變得那麼富有，慈悲為懷的正助是個老實人，一五一十地對她說了，老太婆便要求正助爺爺，把狗借給她兩三天。

「好啊，當然沒問題，妳就帶牠回去吧！」正助爺爺爽快將狗借給了老太婆。

然而，別說兩三天了，過了五天、六天，狗兒還是沒回來，正助爺爺上門催討，貪得無厭的老太婆反倒興師問罪起來。

「你這個大騙子，牠哪裡排出了黃金，拉的全是屎！老娘一火大，就用吹火的竹管把牠活活打死，扔在後頭的垃圾場了。」

「妳這個人，怎能做出這種傷天害理的事？老朽並沒有騙妳，妳是不是沒照老朽說的，煮半升的紅豆餵牠？」

「老娘當然煮紅豆餵牠了，但既然只能借兩三天，我就想多賺點金子，所以餵了牠一升。結果這畜生竟然大了一升的狗屎給我，真是氣死老娘了！」

「那樣不行啊！不能餵牠超過半升啊！妳怎能如此狠心虐待狗兒？牠在哪？至少讓老朽親手埋葬牠。」

正助爺爺說完，從垃圾堆裡挖出了狗的屍體，將牠清洗乾淨，埋進了土窖裡。這時，土窖竟冒出了朴樹芽，每到正月十七日，樹枝上就結滿大大小小的金幣。相傳這就是過年時，日本人在樹枝上串繭玉[1]的由來。

譯註｜1｜像繭一樣的球狀麻糬，裝飾在樹上用來祈福。

◎作者簡介

宮原晃一郎・みやはら こういちろう

一八八二—一九四五

北歐文學者、兒童文學者。出身於鹿兒島縣，本名為宮原知久。幼時因父親工作關係搬家至札幌。一九〇八年任職於小樽新聞記者，期間發表詩作〈海之子〉獲文部省新體詩懸賞佳作，並收錄於一九一〇年尋常小學歌唱教科書中。大量發表童話於《赤鳥》雜誌，出版有童話集《龍宮之犬》、《惡魔的尾巴》等。自學外語，獨鍾於北歐文學，後期致力於翻譯北歐文學作品。曾譯有挪威作家克努特・漢森的《飢餓》、丹麥作家齊克果《憂愁的哲理》等書，著有《北歐散策》評論集。

神犬與魔笛

芥川龍之介｜あくたがわ りゅうのすけ

獨腳大仙指著那條狗說：「牠名叫嗅嗅，是條聰明伶俐的神犬，不論東西在多麼遙遠的地方，牠都聞得到。你就代替我好好照顧牠吧！」話才說完，獨腳大仙便化成一陣煙霧，消失了蹤影。

獻給郁子

一

古時候，有一名叫髮長彥的年輕樵夫，住在大和國葛城山的山麓下。他的容貌如女子般清秀俊美，又擁有一頭如瀑的長髮，因此人們都叫他髮長彥。

髮長彥非常擅長吹笛，連他到山裡伐木時，都會在工作空檔掏出插在腰間的笛子，自得其樂地吹奏。神奇的是，鳥獸草木彷彿也聽得懂笛音的美妙，每當髮長彥一吹笛，草便隨風搖曳，樹便沙沙作響，連飛禽走獸都圍到他身旁，靜靜地聆聽直到曲終才散去。

有一天，髮長彥一如往常，在一棵大樹下坐著，心無旁騖地吹笛，忽然間，眼前出現一名身上掛著一大串綠色勾玉，只有一條腿的魁梧男人。他對髮長彥說：「你的笛子吹得真好。我從很久以前就窩在深山洞穴，整日沉浸在神話時代的夢裡。直到你來伐木，笛音吸引了我，我這才感到日子過得有意思。今天我是特地來這裡酬謝你的，想要什麼儘管跟我說。」

樵夫想了一會兒，回答：「在下喜歡狗，不如給我一條狗吧！」

男人一聽，哈哈大笑道：「竟然只要一條狗？看來你是個無欲無求的人，我很佩服你的知足寡欲。那就送你一條蓋世無敵的神犬吧！吾乃葛城山獨腳大仙也。」男人用力吹了一聲口哨，接著一條白狗便從森林深處踢散落葉，朝這裡直直奔來。

獨腳大仙指著那條狗說：「牠名叫嗅嗅，是條聰明伶俐的神犬，不論東西在多麼遙遠的地方，牠都聞得到。你就代替我好好照顧牠吧！」話才說完，獨腳大仙便化成一陣煙霧，消失了蹤影。

髮長彥喜出望外，帶著這條白狗一起回家。隔天，他又到山裡去，一如往常地吹笛，結果這次不知從哪兒，冒出一名脖子上掛著黑色勾玉，只有一條手臂的壯碩男人。他說：「昨天我哥哥獨腳大仙送了你一匹神犬，所以我今天也想來送禮。若你有想要的，儘管跟我說。吾乃葛城山獨臂大仙也。」

髮長彥一聽，答道：「我想要一條不輸嗅嗅的狗。」壯碩男子立刻吹響口哨，喚出一匹黑狗後，說：「這條狗名叫飛飛，任何人一坐到牠背上，不論百里還是千里，都能遨翔空中，頃刻抵達目的地。明天我弟弟應該也會來送禮吧！」話一說完，獨臂大仙也跟他哥哥一樣，消失得無影無蹤了。

隔天，髮長彥還來不及吹笛，一名配戴紅色勾玉，只有一顆眼睛的高大男人，便如風從天而降，他說：

「吾乃葛城山獨目大仙也，既然兩位哥哥都已致謝，我也送你一條不輸嗅嗅與飛飛的神犬吧！」話一說完，只聽口哨聲響遍森林，一條花狗吐著獠牙，朝這裡直直奔來。

「這條狗叫霤霤，一旦與牠為敵，不論再恐怖的妖魔鬼怪，最後都會被牠一口咬死。切記，只要你一吹奏笛音，我們送你的神犬，不論再遠都會飛奔到你身旁。但若沒有笛子便使喚不動牠們。這點切不可忘。」

話一說完，獨眼大仙便再度颳動林中樹葉，如一陣風騰空而去了。

二

四、五日後的某一天，髮長彥帶著三條狗，吹著笛子來到葛城山麓的一條三叉路上，看見兩名配戴弓箭的年輕武士騎著駿馬，從左邊與右邊兩條路緩緩行來。

髮長彥見狀，趕緊將吹奏的笛子插回腰際，恭敬地行禮問道：

「兩位大人，這是要上哪兒呢？」

武士們一聽，一前一後地回答：

「飛鳥大臣的兩位千金一夕之間失蹤，想來是被妖魔鬼怪擄走了。」

「大臣心急如焚，宣布只要有人能將兩位千金尋回，必有重賞，因此我倆正在四處尋找她們的行蹤。」

兩名武士說完，輕蔑地瞄了瞄女人似的樵夫與三條狗，便頭也不回地繼續趕路了。

髮長彥覺得這是個好機會，立刻摸摸白狗的頭說：

「嗅嗅啊、嗅嗅，將兩位千金的行蹤嗅出來吧！」

白狗一聽，對著迎面吹來的風不斷抽動鼻子，身子忽然用力一抖，回答：

「汪、汪！大小姐被住在生駒山洞穴的食蜃人抓走了！」食蜃人就是古時候飼養八岐大蛇的混世魔王。

樵夫立刻一手一隻，將白狗與花狗抱起，跨上黑狗的背，大聲喊道：

「飛飛啊、飛飛，飛到食蜃人住的生駒山洞穴吧！」

話還沒說完，髮長彥腳下便颳起一陣驚人的旋風。只見黑狗騰昇到空中，彷佛一片樹葉，朝隱沒在青雲之間的生駒山峰，筆直地飛去。

三

不久，髮長彥來到生駒山一看，果真在山腰發現一個大洞穴，裡頭有一名頭戴金釵、如花似月的千金小姐，正哭得泣不成聲。

「大小姐、大小姐，在下來救您了，您不必害怕。來，趕緊準備一下，讓在下帶您回令尊身旁。」

髮長彥說完，三條狗也咬起千金的裙襬與袖子，叫道：

「快快！快準備呀！汪！汪！」

但千金小姐只是淚眼汪汪地，悄悄指著洞穴深處說道：

「把我抓來的食蜃人方才喝醉了，正在呼呼大睡。可是一旦他醒來，一定會立刻追來，屆時你我都會喪命。」

髮長彥聽完微微一笑，說道：

「食蜃人這種貨色，何以為懼？我這就除掉他給證明給您看。」他拍了拍花狗的背，正氣凜然地喝道：

「齧齧啊、齧齧，去把洞穴深處的食蜃人一口咬死！」

花狗一聽立刻露出獠牙，發出雷霆般的怒吼，朝洞穴裡衝去，馬上就叼著血淋淋的食蜃人頭顱，搖著尾巴走出來。

神奇的事情發生了，同一時間，雲霧繚繞的谷底颳起一陣風，風裡傳來溫柔的聲音：

「髮長彥勇士，謝謝您。小女子是生駒山的駒公主，總是受食蜃人欺凌。您除掉他，此恩畢生不忘。」

千金似乎因保住性命而太高興了，沒聽見那聲音。過了一會兒她轉向髮長彥，憂心忡忡地說道：

「我因為你而死裡逃生，但我妹妹如今仍下落不明，不知在哪受罪……。」

髮長彥聞言，又摸了摸白狗的頭說：

「嗅嗅啊、嗅嗅，將二小姐的行蹤嗅出來吧！」話才說完，白狗便立刻抬頭望著主人，抽著鼻子回答：

「汪！汪！二小姐被住在笠置山洞穴的土蜘蛛抓走了！」這隻土蜘蛛，正是古時候神武天皇討伐過的惡人一寸法師。

髮長彥跟之前一樣，將兩隻狗抱起來，與千金一同跨坐在黑狗背上，喊道：

「飛飛啊、飛飛，飛到土蜘蛛住的笠置山洞穴吧！」黑狗立刻騰昇到空中，比箭還快地朝聳立在青雲間的笠置山飛去。

四

抵達笠置山後，奸詐狡猾的土蜘蛛一瞥見髮長彥的身影，立刻笑臉盈盈地來洞穴門口迎接他：

「真是稀客啊！髮長彥兄，勞您大駕光臨。來來來，快請進，小弟這兒沒什麼好東西，不如就吃點生鹿膽和熊胎吧！」

髮長彥搖搖頭，厲聲怒斥道：

「不了，我是來向你討回被你擄走的千金的。快把二小姐交出來，否則我就讓你與食蜃人一樣，死無葬身之地！」

土蜘蛛一聽，身子縮成一團，聲音顫抖地說道：「唉呀！當然得交出來，小弟任憑您差遣。二小姐就在裡頭一個人待著，毫髮無傷呢！您儘管到裡頭，將她帶回去吧！」

髮長彥與大小姐牽著三條狗，一進洞穴，果然發現裡頭有個頭戴銀釵、嬌俏可人的千金小姐，正在傷心地啜泣。

二小姐驚覺有人來，急忙往外一看，一發現是姊姊，情不自禁地喊道：

「姊姊！」

「妹妹！」

兩人三步併作兩步朝彼此衝過去，高興得相擁而泣。髮長彥見到這一幕，也忍不住紅了眼眶。突然，三隻狗背上的毛都豎了起來，狂吠道：

「汪、汪！土蜘蛛，你這畜生！」

「可恨的小人！汪、汪！」

「汪、汪、汪！給我記住！」

髮長彥回過神來，趕緊轉頭一看，那狡猾的土蜘蛛不知從哪兒弄來一塊大岩石，從外面將洞穴入口堵得密不透風。他在岩石外拍手大笑道：

「髮長彥啊髮長彥，你這是自找苦吃啊！我把你們扔在裡頭，不出一個月，便會骨瘦如柴，一命嗚呼囉！老子的計謀是不是嚇著你們啦？」

髮長彥落入陷阱，頓時懊惱不已，幸好他想起了腰上的笛子。只要一吹奏笛音，別說飛禽走獸了，就連花草樹木都會聽得如癡如醉，那奸詐的土蜘蛛，也未必不動容。於是髮長彥重新鼓起勇氣，安撫狂吠的狗兒們，屏氣凝神地吹響笛音。

那美妙的音色，果真聽得惡棍土蜘蛛渾然忘我起來。剛開始他只是把耳朵覆在洞口的岩石上靜靜聆聽，後來聽得入迷了，竟把大岩石一吋、兩吋一點一點地挪開。

開到能讓一個人通過的大小時，髮長彥突然停下笛聲，拍拍花狗的背，命令道：

「齧齧啊、齧齧，快把站在洞穴入口的土蜘蛛給咬死！」

土蜘蛛被髮長彥的喊聲嚇破了膽，趕緊落荒而逃，但為時已晚。

「齧齧」彷彿一道閃電，飛向洞外，不費吹灰之力便將土蜘蛛咬死了。

這時，神奇的事情又發生了，土蜘蛛一死，谷底便颳起了一陣風，風裡傳來溫柔的聲音：

「髮長彥勇士，謝謝您。小女子是笠置山的笠公主，總是受土蜘蛛欺侮。您除掉他，此恩永生不忘。」

五

於是，髮長彥便帶領兩位千金抱著狗兒們，一同跨坐在黑狗背上，從笠置山頂朝飛鳥大臣所在的京城筆直飛去。途中，兩位千金不知何故，將自己的金釵與銀釵悄悄插在髮長彥的頭上，但髮長彥絲毫沒有察覺。在空中遨翔的他，只顧著俯瞰腳下美麗的大和國原野，拚命催促黑狗再快一點。

髮長彥駕著黑狗飛著飛著，來到一開始經過的三叉路，他清楚看到剛才那兩名武士並肩騎著馬，不知從哪兒回來，正急著趕往京城。髮長彥見狀，忽然想把自己立下的大功說給這兩名武士聽，於是命令黑狗：
「飛下去、飛下去，在那條三叉路降落。」
這兩名武士為了搜尋千金小姐的下落四處打探，卻空手而歸，正垂頭喪氣地騎著馬打算回京，忽然間，竟看見兩位千金和弱女子般的樵夫，一同乘坐壯碩的黑狗從天而降，嚇得目瞪口呆。
髮長彥從狗背上下來，再度畢恭畢敬地行禮道：
「兩位大人，方才別過後，我立刻飛往生駒山與笠置山，將兩位千金救出來了。」
兩名武士認為自己被這卑賤的樵夫擺了一道，頓時怒火中燒，心裡又是羨慕、又是嫉妒，但他們表面上還是裝得歡天喜地，不停稱讚髮長彥的功勞，將三匹神犬的由來及腰間那根魔笛都打聽得一清二楚。他們趁髮長彥不注意時，偷偷抽走他腰上的魔笛，接著一個箭步跨坐到黑狗背上，將兩名千金與兩條狗都抱了起來，齊聲叫道：「飛飛啊，飛飛！快飛到飛鳥大臣所在的京都去吧！」

髮長彥大吃一驚，立刻向兩人撲去，但那時已經颳起大風，黑狗早已捲起尾巴，載著武士一行人朝遙遠的青空飛去了。

現場只留下武士們乘坐的兩匹馬。髮長彥趴倒在三叉路口的正中央，痛哭失聲。

這時，從生駒山峰的方向忽然吹來一陣風，風裡傳來溫柔的絮語：

「髮長彥勇士、髮長彥勇士，小女子是生笠置山的笠公主。」

同時，從笠置山的方向也忽然吹來一陣風，風裡同樣有著溫柔的絮語：

「髮長彥勇士、髮長彥勇士，小女子是笠置山的笠公主。」

兩道聲音合而為一：

「我們這就去追趕那些武士，為您取回笛子，請您不必憂心。」話還沒說完，一陣狂風便呼嘯而過，朝方才黑狗飛走的方向而去。

不一會兒，那陣風又回到三叉路口，像剛才一樣從天而降，發出輕聲細語：

「那兩個武士已經帶著千金小姐們一同到飛鳥大臣面前了，領了很多賞賜。快、快，快吹奏笛子，把那三匹神犬喚回來，我們會送您一程，讓您風風光光地進京。」

話才說完，寶貴的魔笛便從天上掉了下來，還有金甲、銀盔、孔雀羽箭、檀香木弓、威武的戎裝，都如雨如霰地在奪目的陽光下閃閃發亮，陸續落到髮長彥眼前。

不久，身配檀木香弓、背著孔雀羽箭，恍如天神般的髮長彥，便騎著黑犬，抱著一白一花兩條狗，從天而降來到飛鳥大臣的府邸。那兩個年輕武士見狀，嚇得就像熱鍋上的螞蟻。

不，就連大臣也因為這不可思議的景象大吃一驚，他做夢似的，呆呆望著髮長彥英姿煥發的模樣。

髮長彥先是脫下銀盔，向大臣畢恭畢敬地行了一禮，接著說：

「在下名叫髮長彥，住在國內的葛城山麓。是在下救出兩位千金。那兒的武士們，對於打敗食蜃人與土蜘蛛，可是一根指頭都沒動過。」

武士們一聽，刷地一下變了臉色，他們方才將髮長彥所做的一切全都吹噓成自己的功勞，於是連忙打斷髮長彥的話，煞有其事地說道：

「簡直胡說八道。斬下食蜃人首級的是我倆，看穿土蜘蛛陰謀的也是我們，這點千真萬確！」

左右為難的大臣分不清哪邊說的才是實話，他看看武士們，又看看髮長彥，接著轉向公主，說道：

「這只能問妳們了。究竟哪邊才是妳們的救命恩人？」

兩位千金一把鑽進父親懷裡，羞答答地說道：

「救了我們的是髮長彥。您看他烏黑如瀑的長髮上，插著我們姊妹倆的髮釵，便足以證明。」大臣一看，髮長彥的頭上果真有一對金銀髮釵閃耀著璀璨的光芒。

事到如今，兩名武士再也無法狡辯，終於跪倒在大臣面前，渾身顫抖地求饒：

「是我們耍詐欺騙髮長彥，企圖將他救回小姐們的功勞搶到自己手裡。我們願意坦白召供，求大人饒我們一命。」

後續便不必贅言了。髮長彥不但獲得豐厚的獎賞，還成為飛鳥大臣的乘龍快婿，那兩名年輕武士則被三匹神犬追趕，連滾帶爬地逃出府邸。不過，究竟是哪位千金嫁給了髮長彥，畢竟是年代久遠的故事，如今已經無人知曉了。

狗狗的惡作劇

夢野久作｜ゆめの きゅうさく

這時十二點的鐘聲響了。

「唉呀！鐘響了，你要接管我最喜歡的位置了。那我們出去吧！」

一豬一狗走出門口，分別轉向右邊與左邊。牠們揮著帽子，喊道：

「狗寶寶萬歲！」

「豬寶寶萬歲！」

這是去年十二月三十一日深夜發生的事。一隻豬與一條狗，在某座城裡颳著寒風的十字路口不期而遇。

「唉呀！狗兄，你要走啦！」

「唉呀！豬兄，你要來啦！」

一豬一狗握了握手。

「馬上就要過年了，在那之前還有一些時間，不如我們找個地方，吃頓飯道別？」

「好主意。」

兩人說完便到附近的餐館吃起飯來。

「對了狗兄，你帶的那個大包袱是什麼啊？」

豬骨溜溜地轉著牠的小眼睛說道。

「這裡頭裝的都是屬狗的孩子做的好事與壞事。」

「這樣啊，都是什麼樣的好事和壞事？」

「那可多著了。像是把人的草鞋藏起來呀、亂吃地上的東西呀、偷東西果腹呀、挖牆角跑出去呀、欺負貓呀、咬住媽媽和姊姊不放呀……。」

「原來還會做這種事。」

「可不是嗎。至於好事呢，有幫人尋找失物呀、撿掉在地上的東西呀、保護小朋友呀、救人性命啊……。」

「哇！那可真了不起。不過狗兄，你蒐集這些東西帶走，有什麼用途呢？」

「過了今天，我就得再等十二年才會回來。到時屬狗的孩子少說也二十五歲了，男孩當完兵回鄉，女孩也已嫁作人婦。屆時我想給做好事的孩子獎勵，給作壞事的孩子嚴厲的懲罰。」

「這樣啊！」

豬聽完狗的話，雙手抱胸思考起來。

「唉呀豬兄，你在想些什麼呢？」

「嗯，狗兄此番話，聽著雖然有道理，但我卻不能贊同。」

「何以見得？」

狗睜大眼睛問道。

「因為孩子們今年還小，當然會惡作劇呀！可是當他們長大到二十四、五歲，知道是非對錯，就不會像這樣惡作劇了。他們成了善良懂事的人，卻得受到責罰，豈不是很可憐嗎？」

豬一說，狗也思考起來。

「原來如此。我本來以為你是豬，只會橫衝直撞，想不到如此通情達理。那不如這樣吧？那些惡作劇的小孩，若到了二十五歲已經改邪歸正，就不必受罰。而那些做好事的小孩若學壞，也得不到獎賞。」

「嗯，這樣好。那我明年也學學狗兄，把像豬一樣橫衝直撞做壞事的小孩，以及像豬一樣認真踏實做好事的小孩名字都蒐集起來，然後留意豬年的孩子究竟是變乖還是學壞了。」

兩人高興地拍手：

「妙啊，妙啊！」

這時十二點的鐘聲響了。

「唉呀！鐘響了，你要接管我最喜歡的位置了。那我們出去吧！」

一豬一狗走出門口，分別轉向右邊與左邊。牠們揮著帽子，喊道：

「狗寶寶萬歲！」

「豬寶寶萬歲！」

森林裡的小狗

小川未明｜おがわ みめい

「一開始我也有疼愛我的主人，可是不知不覺間，主人厭棄我了，把我扔了，不知去了哪裡。現在我還是很懷念主人、很愛他們，我一輩子都不會忘記他們有恩於我。可是今天發生這種事，我實在不知是否該繼續相信人類……。」狗媽媽心想。

有隻無家可歸的母狗，跑到鎮上一間酒舖的倉庫裡生了小狗。

「怎麼會有狗在這裡生小狗呢？傷腦筋。」老闆發著牢騷。他覺得一定是伙計們平日沒把倉庫整理好，才會讓狗混了進來，便把伙計們叫來罵了一頓。

「都是那頭畜生，害我們平白無故挨罵，豈有此理。乾脆把小狗都扔進河裡！」伙計們說道。

「不，那樣太可憐了。等牠們睜開眼，再放到路邊去吧！」老闆娘說道。

日子過去了，小狗們的眼睛漸漸看得見，還能搖著短短的、筆尖似的尾巴，東倒西歪地走路。「求大人們行行好，讓我們母子再待一陣子，至少等孩子們長大吧！」可憐的狗媽媽雖不會說話，卻用眼神向伙計們求情。但伙計們並沒有答應。

「要是有人能收留牠們就好了。」

「若帶去給警察，一條可以換三十錢耶。要不你帶去？」

「別說傻話了，傍晚就用拖車載出去扔了吧！」伙計們議論紛紛。狗媽媽一聽，嚇得驚慌失措。原來就連看似親切友善的人類，都這麼狠心。

「一開始我也有疼愛我的主人，可是不知不覺間，主人厭棄我了，把我扔了，不知去了哪裡。現在我還是很懷念主人、很愛他們，我一輩子都不會忘記他們有恩於我。可是今天發生這種事，我實在不知是否該繼續相信人類……。」狗媽媽心想。

於是狗媽媽趁沒人注意，帶著小狗們離開酒舖，搬到不遠處的一座森林裡。

在那座森林裡，有一幢很大的公館。不只狗狗，連住附近的人類小孩，都時常從牆角破洞鑽進公館的院子玩耍。每到秋天，院裡的橡實、栗子就會從樹上掉下來。

狗媽媽帶小狗住進這座森林時，還是春天。為了避免人類小孩隨意靠近、對牠們惡作劇，狗媽媽找了一棵周圍長滿荊棘與竹子的大樹，在樹根挖了好深的洞，帶孩子住在裡面。這下狗媽媽總算安心了，她慈祥地舔著可愛的狗寶寶說：

「只要住在這裡，就不會淋到雨，不會被趕走，也不會有人欺負我們了。媽媽雖然打從心底喜歡人類，可是人類卻因為一時不高興就把媽媽扔掉，因為一點不如意，就輕易打罵媽媽。所以，人類是不能完全相信的。你們不像其他小狗一樣，能住在漂亮的狗屋裡，吃不到山珍海味，但要記得，別去羨慕牠們。只要你們餓了，媽媽隨時會去找食物餵你們吃……。」

狗媽媽經常對狗寶寶們諄諄教誨。

狗媽媽即使自己餓著肚子，只要一找到食物，就立刻帶給狗寶寶們。途中一聽到任何風吹草動，就擔心是不是小狗們住的森林傳來的，隨時豎起耳朵警戒。狗媽媽外出時，狗寶寶們會從洞裡探出頭來，迫不及待地等著狗媽媽帶好吃的東西回來。若狗媽媽回來晚了，牠們就會從鼻子發出嚶嚶的嗚咽，傷心地低聲哭泣。

每次一聽到狗寶寶們哭的聲音，可憐的狗媽媽就會著急地趕回來。「好乖好乖，對不起讓寶貝們久等了。今天媽媽走了一整天，可是什麼也沒找到。媽媽先餵你們喝奶，你們再忍耐一下唷！」狗媽媽將自己的飢餓、疲憊全都拋諸腦後，將三隻小狗攬進懷裡。

一天，狗媽媽不在家，一名酒舖的伙計跑來，把一隻小狗抱走了。這是因為有人拜託伙計：「若有可愛的狗寶寶，能幫我們家弄一隻嗎？」所以他打算把這隻小狗交給人家。

狗媽媽回到森林裡的洞穴，發現有隻狗寶寶不見了。牠非常著急，一心只想知道狗寶寶去了哪裡。天色暗了，狗寶寶還是沒回家。狗媽媽心急如焚，拚命在附近尋找。牠哭了整晚，一直哭到天亮，聲音連鎮上的人們都聽到了。

「可憐的狗兒，若是人類，自己的孩子不見了，該有多傷心啊？」

酒舖的老闆娘心想。

伙計也覺得狗媽媽可憐，便將昨天抱走的小狗帶回森林裡，對狗媽媽說：「這隻小狗會有個溫暖的家，有美味的東西吃，有疼愛他的主人。」狗媽媽彷彿聽懂了伙計的話，搖著尾巴，落寞地目送牠的寶貝被人類帶走了。

◎作者簡介

小川未明・おがわ みめい

一八八二－一九六一

生於新潟縣，本名小川建作。早期曾創作小說，中後期創作則以兒童文學為主軸，有「日本安徒生」、「日本兒童文學之父」等美譽，為日本兒童文學家協會首任會長。小川未明在就讀早稻田大學英文系時，開始嘗試小說創作。「未明」這個筆名，也是由大學時代的恩師坪內逍遙所命名。一九二六年，他在東京《日日新報》上發表了一篇〈餘生獻給童話作家〉之後，便不再撰寫小說，全心投入童話創作，總計寫下了將近一千兩百篇的童話作品。他的童話作品不諱言生死和草木凋零、城鎮蕭條等題材，在戰後曾一度飽受抨擊。到了近代，兒童文學開始探討生命議題，成人也適合閱讀的童話大量問世，讓小川未明的童話重獲肯定，代表作有〈紅色蠟燭與人魚〉、〈野玫瑰〉等。

犬八公

豐島與志雄｜とよしま よしお

「那個窮光蛋八太郎，竟然撿了狗回來，他養得起嗎？」有人這麼說。

「狗是有錢的都市人才養得起的寵物。」也有人這麼說。

「遊手好閒的人是成不了氣候的，肯定會讓狗和自己一塊餓肚子。」還有人這麼說。

一

有個名叫八太郎，總是獨來獨往的男人，住在一座深山的村子裡。八太郎是個漫不經心的人，他整日遊手好閒，從不像大家一樣，為了賺錢拚命工作。食物吃完了，就去打零工，或者幫人到遙遠的城鎮跑腿，賺取微薄的薪資，藉此度日。

有一天，八太郎又到遙遠的城鎮幫人跑腿，他辦完事，心不在焉地走回家時，在城郊的一棵樹下，發現一黑、一白兩隻小狗。牠們緊緊依偎在一起，嗷嗷嗷地哭著。天空下起了毛毛雨，每當雨滴從樹上滑落，兩匹幼犬便悲傷地嚎泣。

八太郎在樹下呆立了一會兒，不可置信地望著幼犬。在他所住的深山村落裡，一隻狗也沒有，對他而言，這兩匹幼犬非常罕見。

幼犬嗷嗷嗷地哭著，靠到了他的腳邊。

「大概是被主人拋棄了，可憐的小狗。我帶你們回家吧！」

八太郎自言自語完，抱起兩匹小狗揣入懷中。小狗待在溫暖的懷裡，高興地哼著鼻子撒起嬌來。

「好乖好乖，我來把你們養大。」

八太郎將小狗護在懷裡，連傘也沒撐，就頂著細雨回到深山的村落去了。

二

八太郎撿回兩匹小狗的事，很快就在村裡傳了開來，因為這間村子裡一隻狗也沒有。

「那個窮光蛋八太郎，竟然撿了狗回來，他養得起嗎？」有人這麼說。

「狗是有錢的都市人才養得起的寵物。」也有人這麼說。

「遊手好閒的人是成不了氣候的，肯定會讓狗和自己一塊餓肚子。」還有人這麼說。

但八太郎並不在意這些流言蜚語。他把一白、一黑兩匹小狗養得圓滾滾的，看著牠們追逐跑跳，開心地哈哈大笑。村裡的孩子們也頻頻跑來看狗，帶很多食物來。因此八太郎並不需要因養狗而額外找工作。

狗一天比一天茁壯，一年、兩年過去了，小狗成了壯碩的成犬，一公、一母。第二年的年尾，母狗生下了四隻小幼犬。

八太郎嚇了一跳。

「哇，一次生四隻啊！」

四隻小寶寶都健健康康長大了。

但接下來就不得了了。狗媽媽每年生兩胎，每胎都有四、五隻小寶寶。小寶寶後來也長大成犬，然後又生小寶寶。八太郎家已經變成水泄不通的狗窩了，狗兒們汪汪汪、嗷嗷嗷地吼叫、打架、嬉鬧，整天吵個不停。

村裡的人們嚇壞了。不知不覺，他們不再稱他為八太郎，而是叫他犬八公。

「唉呀！這不是犬八公嗎？狗狗們都還好嗎？」

每個人遇到他，都這樣和他打招呼。

「哈哈哈，大家都很好。」犬八公笑著回答。

其實，犬八公已經快笑不出來了。因為村裡的孩子們看膩了狗，已經不再帶食物來了，犬八公只能獨力豢養幾十隻狗。他原本就是個只能勉強果腹的窮人，再怎麼拚命工作，也養不起一屋子的狗。而且狗狗們仍接二連三地生下小寶寶，還不知道會生多少。

「傷腦筋啊！」

犬八公已經束手無策了，但他仍不願意扔掉任何一隻狗。

一天，他出門遊蕩，心不在焉地回到家，發現狗狗們都餓著肚子在等他。

「唉，大家都餓了吧？」

犬八公說著，忍住眼淚，將家中剩下的食物統統分給了狗。

「這下家裡就沒錢，也沒東西吃了。明天早上什麼也沒有了，而且現在我也沒有工作。大家就忍一忍吧！等下次我有了工作，賺了錢，一定讓你們大吃一頓。」

他對狗兒們說著說著，紅著眼眶鑽進被窩睡著了。狗兒們或許是聽懂了他說的話，乖乖地在門口排排坐，安靜了下來。

三

隔天早上，犬八公睡到日上三竿。當他要起床時，一想到既沒工作賺錢，也沒食物，便乾脆倒頭繼續睡。

但狗兒們一大早就開始汪汪叫了。牠們跑進房間裡，想扯走犬八公的棉被。犬八公一開始罵了狗兒們，最後還是無奈地起了床。

起床後一看，犬八公大吃一驚。院子角落的草席上，有雞、鯉魚、鯽魚、地瓜、蕪莖等食物，堆得像山那麼高，狗狗們就站在一旁。

「哇，這些是……是你們找來的嗎？謝謝你們！謝謝你們！」

犬八公瞬間精神抖擻了起來。接著他用雞、魚、蔬菜做了一頓飯，與狗狗們飽餐一頓。那些食物連吃四、五天都吃不完。

但村裡卻亂成了一團。我家的雞不見了！我那池子裡的魚消失了！我的菜園被偷了……每家都亂烘烘的，這些都是一夜之間發生的事。村民一樁樁調查後，發現全都是犬八公家狗狗幹的好事。

村人們氣炸了，全都湧入了犬八公家。犬八公聽說之後，嚇了一大跳。他立刻訓斥狗兒們，並對村人發誓，絕不允許狗再這麼做。

「既然你不知道，妻子又是這群狗畜生捅的，這次就饒了你吧。但若再有第二次，休怪我們不客氣，知道了嗎？」

「我絕不讓牠們再犯……。」

犬八公立下重誓後，村人這才回去。

犬八公覺得很懊惱。狗狗們是為了他才偷東西的，他不忍苛責牠們，可是萬一得罪了村人，以後恐怕再也接不到工作了。

「罷了罷了，船到橋頭自然直。」

他是個大而化之的人，索性不再煩惱，與狗狗們一起大啖雞、魚、蔬菜。牠們一連吃了四、五天，每天都吃得飽飽的，變得有精神、有力氣，四處亂跑亂跳。

可是當食物漸漸吃完，犬八公與狗狗們又開始無精打采了。他雙手抱胸低著頭，陷入沉思，狗兒全都圍在他身旁。

四

一天夜裡，村裡又發生了一件大事。一隻狗叫了起來，接著好多條狗都跟著吼叫起來，不久就激烈地扭打成一團。這次的規模非同小可，狗兒就像發了瘋似地狂吠，村民們全都被吵醒，衝出了屋外。

一看，有個一身黑衣的男人，被狗兒從四面八方團團圍住，趴在地上一動也不能動。那是個陌生男子，狗兒們則是犬八公家的狗。

犬八公也衝了過來，他推開狗，逮住黑衣男，一搜身，發現男人懷裡藏了滿滿的金子。他是個小偷，潛入了村裡最富有的人家中，正要把金子偷走時，被狗兒發現了。

村人將錢全都沒收回來，痛毆他一頓，把他趕走了。

犬八公覺得很驕傲，他的狗兒們更驕傲。村人這才知道狗的可貴，萬一他們每天流汗辛苦賺的錢，被宵小偷走了，那就欲哭無淚了。

「犬八公啊……」那名富有的村人說道：「可以讓一條狗給我養嗎？」

村民們一聽，接二連三地喊起我也要養！我也要養……每個人都想要養狗。

「啊……可是，可是我捨不得……。」

犬八公光想到要把任何一隻狗讓出去，就難過傷心得不得了。

於是，村民們仔細商量後，決定讓狗兒們當全村的守衛，犬八公則擔任管狗的大隊長，至於狗與犬八公的三餐，一概由村子供應。犬八公歡天喜地答應了。

五

從此，他們再也不必擔心沒飯吃了，犬八公只要每天帶著狗兒散步玩要就行了。

村民也都安心了。只要有犬八公和他的狗在，就不必擔心任何小偷。別說白天，連晚上都可以開門睡覺，出門時家裡也不必留人看守。狗兒還到有小孩的人家裡陪小孩玩，讓大家都能到田裡工作。

可是，狗兒們依舊生個不停，數目愈來愈多。

「哇，生了好多呀！」

犬八公說著，笑彎了眼。

但村人們卻皺起了眉頭。村裡已經滿滿都是狗了，再這麼生下去，以後真不知道會怎麼樣。若是狗的數目比人還多了好幾倍，那光是狗糧就夠大家吃不消了。

看到犬八公帶著一大群狗散步，村人們竊竊私語了起來：

「得想想辦法啊……」

「該怎麼做才好呢……」

終於到了某一天，村裡幾位耆老，來到犬八公的住處，與他商量控制狗的數目。

「啊，這樣啊，您覺得狗的數目太多嗎？」犬八公答道。「要嘛讓狗別再生孩子，要嘛把生下的幼犬殺掉，除此之外也沒有其他方法了……可是這麼殘忍的事，我實在做不到啊……各位想想看，若換做是人類……。」

「若換做是人類……？」

村民們簡直氣得無話可說。

犬八公與村民們也只好不歡而散了。

他板著臉陷入沉思。身旁眾多的狗，不論大隻或小隻都排排站，擔憂地望著他的臉。

隔天，犬八公與眾多狗兒已經不在村子裡了。

村民們著急了起來，但不論他們怎麼找，連一條狗都找不到，全都不知所蹤。

或許犬八公帶著狗兒們到遙遠的深山裡了吧。村民如此想像，感到既憂心又安心。憂心是因為害怕小偷光顧，安心是因為再也不必煩惱狗生個不停了。

自那以後，就再也沒有人見過犬八公與他的狗兒們了。

◎作者簡介

豐島與志雄・とよしま よしお

一八九〇－一九五五

小說家、翻譯家。出生於福岡縣，東京大學法文系畢業，在學期間同芥川龍之介、菊池寬等人發起《新思潮》第三次副刊，並於刊物中發表小說〈湖水和彼等〉步入新進作家之列，與太宰治交情匪淺。畢業後於法政大學、明治大學等擔任教職，著作頗豐，出版有長篇小說《白色的早晨》、短篇小說《山吹之花》等。在翻譯方面的成就勝於文學創作，一九一七年所譯法國小說家雨果的《悲慘世界》成為暢銷譯本，其後雖經多次改訂，該版本至今仍廣為流傳。

小感日常08

和日本文豪一起愛狗

人狗之間的溫暖時光

作者　太宰治、宮本百合子、林芙美子、島崎藤村、、夢野久作、芥川龍之介、佐藤春夫、正岡子規、宮原晃一郎、小川未明、豐島與志雄
譯者　蘇暐婷
策畫　好室書品
顧問協力　廖秀娟
特約編輯　陳靜惠、盧琳
校對協力　黃莛勻
封面設計　白日設計
內頁排版　洪志杰

發行人　程顯灝
總編輯　呂增娣
主編　徐詩淵
編輯　林憶欣、鍾宜芳、吳雅芳、尤恬
美術主編　劉錦堂
美術編輯　吳靖玟、劉庭安
行銷總監　呂增慧
資深行銷　謝儀方、吳孟蓉
發行部　侯莉莉
財務部　許麗娟、陳美齡
印務　許丁財
出版者　四塊玉文創有限公司

總代理　三友圖書有限公司
地址　一〇六台北市安和路二段二一三號四樓
電話　(02) 2377-4155
傳真　(02) 2377-4355
電子郵件　service@sanyau.com.tw
郵政劃撥　05844889三友圖書有限公司

總經銷　大和書報圖書股份有限公司
地址　新北市新莊區五工五路二號
電話　(02) 8990-2588
傳真　(02) 2299-7900

製版印刷　卡樂彩色製版印刷有限公司

初版　二〇一九年六月
定價　新台幣二六〇元
ISBN　978-957-8587-72-4（平裝）

國家圖書館出版品預行編目 (CIP) 資料

和日本文豪一起愛狗：人狗之間的溫暖時光 / 太宰治等 著；蘇暐婷 譯 .-- 初版 .-- 台北市：四塊玉文創，2019.06
面；　公分 .--（小感日常；8）
ISBN 978-957-8587-72-4(平裝)

861.67　　　　108005895

廣　告　回　函
台北郵局登記證
台北廣字第2780號

地址：　　　縣/市　　　鄉/鎮/市/區　　　路/街

段　　巷　　弄　　號　　樓

三友圖書有限公司 收

SANYAU PUBLISHING CO., LTD.

106　台北市安和路2段213號4樓

「填妥本回函，寄回本社」，即可免費獲得好好刊。

粉絲招募歡迎加入
臉書／痞客邦搜尋
「四塊玉文創／橘子文化
食為天文創
三友圖書－微胖男女編輯社」
加入將優先得到出版社
提供的相關優惠、
新書活動等好康訊息。

四塊玉文創╳橘子文化╳食為天文創╳旗林文化
http://www.ju-zi.com.tw
https://www.facebook.com/comehomelife

【黏貼處】對折後寄回，謝謝。

親愛的讀者：

感謝您購買《和日本文豪一起愛狗——人狗之間的溫暖時光 》一書，為感謝您對本書的支持與愛護，只要填妥本回函，並寄回本社，即可成為三友圖書會員，將定期提供新書資訊及各種優惠給您。

姓名＿＿＿＿＿＿＿＿＿ 出生年月日＿＿＿＿＿＿＿＿＿

電話＿＿＿＿＿＿＿＿＿ E-mail ＿＿＿＿＿＿＿＿＿

通訊地址＿＿＿＿＿＿＿＿＿＿＿＿＿＿＿＿＿＿

臉書帳號＿＿＿＿＿＿＿＿＿ 部落格名稱＿＿＿＿＿＿＿＿＿

1 年齡
□ 18 歲以下 □ 19 歲～ 25 歲 □ 26 歲～ 35 歲 □ 36 歲～ 45 歲 □ 46 歲～ 55 歲
□ 56 歲～ 65 歲□ 66 歲～ 75 歲 □ 76 歲～ 85 歲 □ 86 歲以上

2 職業
□軍公教 □工 □商 □自由業 □服務業 □農林漁牧業 □家管 □學生
□其他 ＿＿＿＿＿＿

3 您從何處購得本書？
□網路書店 □博客來 □金石堂 □讀冊 □誠品 □其他 ＿＿＿＿＿＿
□實體書店 ＿＿＿＿＿＿

4 您從何處得知本書？
□網路書店 □博客來 □金石堂 □讀冊 □誠品 □其他 ＿＿＿＿＿＿
□實體書店 ＿＿＿＿＿＿
□ FB(四塊玉文創 / 橘子文化 / 食為天文創 三友圖書－微胖男女編輯社)
□好好刊 (雙月刊) □朋友推薦 □廣播媒體 ＿＿＿＿＿＿

5 您購買本書的因素有哪些？（可複選）
□作者 □內容 □圖片 □版面編排 □其他 ＿＿＿＿＿＿

6 您覺得本書的封面設計如何？
□非常滿意 □滿意 □普通 □很差 □其他 ＿＿＿＿＿＿

7 非常感謝您購買此書，您還對哪些主題有興趣？（可複選）
□中西食譜 □點心烘焙 □飲品類 □旅遊 □養生保健 □瘦身美妝 □手作 □寵物
□商業理財 □心靈療癒 □小說 □其他 ＿＿＿＿＿＿

8 您每個月的購書預算為多少金額？
□ 1,000 元以下 □ 1,001 ～ 2,000 元 □ 2,001 ～ 3,000 元 □ 3,001 ～ 4,000 元
□ 4,001 ～ 5,000 元 □ 5,001 元以上

9 若出版的書籍搭配贈品活動，您比較喜歡哪一類型的贈品？(可選 2 種)
□食品調味類 □鍋具類 □家電用品類 □書籍類 □生活用品類 □ DIY 手作類
□交通票券類 □展演活動票券類 □其他 ＿＿＿＿＿＿

10 您認為本書尚需改進之處？以及對我們的意見？
＿＿＿＿＿＿＿＿＿＿＿＿＿＿＿＿＿＿

感謝您的填寫，

您寶貴的建議是我們進步的動力！

【黏貼處】對折後寄回，謝謝。